「知ってると思うけど、愛してる」

「アルゴイッソヨ」

ゴースト

もういちど抱きしめたい

中園ミホ
古林実夏

集英社文庫

ゴースト

もういちど抱きしめたい

プロローグ

こんなにぐっすり眠ったのは、どれくらいぶりだろう。
眠りから覚めはじめた意識の中で、星野七海《ほしのななみ》は思っていた。
心地好い乾いたシーツの感触、肌の上を転がっていく微風。
それに、香ばしい、コーヒーのいい香りがしている。
そこまで思って、七海はハッと目を開けた。
窓から差し込んでくる光がまぶしい。
瞬《まばた》きをしながら、ぼやけた焦点を合わせると、見慣れない天井。見慣れない壁。
すべてに見憶《みおぼ》えがない部屋――。
咄嗟《とっさ》に上半身を起こした七海は、さらに焦っていた。
何も身につけていない、裸だった……。
昨日、着ていた洋服はベッドの周りに点々と落ちている、下着までも……。
カタン――。

ふいに物音が聞こえた七海は、慌ててベッドカバーを自分に巻きつけ身体《からだ》を隠す。

ベッドルームからは、リビングとそこに続くキッチンが見渡せていた。

キッチンには、見憶えのない男がいる。

この家の住人だろう――。

男はまだ、七海が目覚めたことには気がついていない。

七海はベッドから降りて、素早く洋服を身につけた。

――私は昨日、三五歳になった。

昨晩は、自分のバースデーパーティだったはず……。

混乱する頭を整理しようと、記憶を辿《たど》る七海。

パーティが終わって、会社の車で会場を出た。

それから……？

そこから先が抜け落ちていて、すっかり空白になっている。

携帯は？　と見回して、廊下にあるキャビネットの上にバッグを見つけた。

きっと携帯はバッグに入ったままだろう。

ベッドルームは、リビングよりも少し高い位置にあって、リビングに続く階段があった。

七海は足音を立てないようにそっと階段を降りてゆく。

壁に隠れるようにして、キッチンの男を見た。

白いシャツにジーンズというラフな格好の男は、白いホーロー製のケトルを傾けて、フィルターにお湯を注いでいた。

フィルターから落ちる深い褐色のコーヒーが、サーバーを満たしていく。

男がゆっくりと、静かな動作でお湯を注ぎ入れる度に、コーヒーのいい香りが立ち上っている。

見憶えのない、その男の横顔。

スッと通った鼻筋、シャープな顎《あご》のライン、がっしりとした肩に筋肉質な腕。

いつ、どこで出会ったのだろうか？

今、目の前で呑気《のんき》にコーヒーを淹《い》れている男、と。

それにしても——。

考えているうちに、七海は無性に腹立たしくなってきた。

酔っぱらって、前後不覚の抵抗できない女性を引きずり込んで、それで——。

なんて最低の男！

わざと大きな足音を立てて男の背後に近づいた七海は、男が振り向いた瞬間に頬《ほお》を平手打ちした。

「パシンッ」と、少し大げさな音が部屋に響く。

彼が表情を作る僅《わず》かな時間さえ与えずに、部屋を飛び出した七海。

外に出ても、七海の高ぶった感情は鎮まらなかった。

たいしてアルコールに強いわけでもないのに、誕生日だからと調子に乗って飲んで、記憶を無くして、知らない男の部屋で目覚めるなんて……。

三五歳にもなって私は何をやっているんだ。

怒りというよりは、嘆かわしい気持ちでいっぱいになっていた。

突然、七海の携帯が鳴った――。

七海の会社の広報担当者からだった。

「社長、今、どちらですか？」

焦った口調で、早口で話す彼女は、七海の居場所を尋ねた。

一瞬、混乱した七海は、事態を理解すると一気に青ざめる。

今朝は、朝のテレビの情報番組に生出演する予定だったのだ。

そういえば、打ち合わせの時、朝六時半には局に入って欲しいと言われていたのを思い出した。

番組担当のプロデューサーから、到着時間を知りたいと連絡がきた、と社員は告げた。

そう言われても、自分が今、どこにいるのか分からない。

「先方には、私から連絡しておきます。朝早くからごめんね、ありがとう」

そう取り繕って、七海はとりあえず電話を切った。

六時半まで、あと一五分もない。

けれど、七海の出演するコーナーは、いつもなら、だいたい七時半前後に始まっている。

まだ、一時間以上の時間があるから、本番には間に合うはず。

七海は、自分を落ち着かせ、この場所がどこなのか、手がかりになりそうな看板やビルを探した。

どこにでもありそうな、早朝の閑静《かんせい》な住宅地。人も歩いていなければ、タクシーがやってくる気配もない。

だからといって、今さっき飛び出して来たばかりの家に引き返して、殴った男に、ここはどこですか？　と訊《き》くのも間抜けすぎる。

落ち着いて。こんなの、たいした事じゃない。

七海は、自分にそう言い聞かせると、今、立っているここが東京だと願いつつ適当に歩き出した。

七海には、道に迷ったときにどちらに進めばいいのかが自然に分かるような、動物的な勘の鋭いところがあるのだ。

近くの踏切を渡って少し行くと、思ったとおり、大きな通りに出られた。

タクシーに滑り込んで、テレビ局の名前を告げる。

「この時間帯なら、三〇分かからないでしょう」

と陽気に答える運転手。

通勤ラッシュ前で、まだ人も車もそれほど多くはない。

良かった、七時前には、テレビ局に着くことができそうだ。

普段はたいして信じてもいない神に感謝した。

担当プロデューサーに連絡をいれた七海は、今、タクシーで向かったばかりだと正直に告げて謝った。

見知らぬ男の家で目覚めたことは、もちろん言わなかったけれど、言い訳をするのが本来好きではないから、嘘《うそ》はつかなかった。

「生放送なのに困るんですよ」

と、プロデューサーは、妙に間延びする話し方で文句を言ったが、間に合いそうだと判断したのか、あまり不機嫌ではなかった。

電話を切った七海は、ようやく気持ちが落ち着いて、

「フゥーッ」

と小さな空気を吐き出すと、シートに身体を任せ、ゆっくり目を閉じた。

シャワーも浴びていなければ洋服も昨日のまま、でも家に帰っている余裕がないのだから仕方がない。

幸いというか、今、着ているワンピースドレスは、最近買った洋服の中で一番気に入っている。

シンプルな形の、ブルーのワンピース。

黒いジャケットを羽織っているから、それほど派手には見えないはずだ。

仕事の取材には少し丈が短すぎるかもしれないけれど、まあ、よしとしよう。

梅雨《つゆ》が明けたばかりだというのに、七月の東京を照らす太陽は、すでに真夏の熱をおびていた。

七海の頭に、ふと、今朝の男の姿がよぎる。

昨日の夜、自分との間に何かがあった男――。

背が高くて、ほどよく筋肉がついた、がっしりとした体格だった。

年齢《とし》は同じくらいだろうか。

目は、垂れ目がちだったような。

そんなに悪くない男だったし、むしろ好みのタイプだったかも……。

ついさっきまでは、許せないと思うほど、頭にきていたのに。

その男を好みのタイプだったかもなんて考えている。
そんな自分の能天気さに呆《あき》れて、七海は小さく笑った。

1

七海はテレビ局のスタジオで生放送に出演していた。

「ちょうど、一〇年前ですよね？　この会社を設立されたのは」

数台のカメラが、七海とインタビュアーの女性アナウンサーを囲むようにして移動している。

「始めるキッカケは何だったんですか？」

女性アナウンサーは、向かい合って座る七海を見て言った。

「始めた当時は、就職氷河期でしたからね。就職は本当に厳しくて。じゃあ、自分たちでできることもあるんじゃないかって、大学時代の友達と始めたんです」

七海は、努めてゆっくりした口調で話している。

昔から、緊張すると早口になりすぎると注意されているから、その癖が出ないように意識して間を取っていたのだ。

「ちょうどネットの通販事業が注目されている頃だったから、女の子向けの商品も同じように展開ができないかと思って」

「それが今では、年商一五〇億の企業となっているわけですが、ここまで発展するとは、当初から予想していたわけですか？」

「いいえ、とんでもない！」

七海は手を左右に大きく振った。

それから、「運だけは良かったと思いますけど」と付け加えた。

カメラ脇《わき》に屈《かが》んでいたADが、「コーナー終了」と書かれた紙を手にしている。

それを見た女性アナウンサーは、

「今日は、株式会社『アイ・アクロス』代表取締役社長、星野七海さんにお話をお伺いしました。どうもありがとうございました」

と、立ち上がって拍手をした。

それを合図に、スタジオにいるスタッフたちも拍手をしている。

七海は立ち上がり、「ありがとうございました」と何度も挨拶《あいさつ》を繰り返しながら、セットから離れた。

番組は、天気予報のコーナーへと進んでいる。

今日もよく晴れ渡って、真夏のような一日になるらしい。

自分たちは、本当に運がよかった。

テレビに出演した後、そのまま会社へ来た七海は、『アイ・アクロス』社の入っているビルのフロアをオフィスに向かいながら、改めて思っていた。

高校時代からの親友・未春《みはる》、そして、大学で知り合った何人かの友人たちと勢いで始めた小さな会社が、今は上場できるほどの企業になっている。

予想どころか、想像すらしていなかった。

むしろ何度も、もうダメかもしれないと思ったくらいだ。

それが今では、大勢の社員が力を貸してくれる会社になった。

「本当に運がいい」

七海は小さく声に出していた。

誉《ほ》められたような、くすぐったい嬉《うれ》しさがこみ上げてきて、足取りさえも、自然と軽やかになっていた。

「おはよう」

七海がオフィスに入ると、社員たちは書類を手に、次々と近づいてくる。

「社長、このオリジナルブランドのラインナップについてなんですが」

長い廊下を歩きながら書類に目を通して、

「今日中にレポートにして。次の役員会にかけましょう」

と答える。

「新商品のロゴ、A案とB案とあがってきたんですが」

別の社員が、ロゴデザインの印刷された紙を見せる。

「B案。商品開発部には次の作業に入るように言ってください」

それらを数秒見ただけで指示をだしてゆく七海。

ロゴは、パッと見たときの第一印象が大事だと決めているし、信じている。じっくり見れば見るほど優柔不断の虫が顔を出して、結局決められなくなってしまうのだ。

社員たちの報告は続く。

「価格設定のリサーチ結果がでました」

「メールで送っといて。あとでチェックしておきます」

答えながら、今日も忙しそうと、七海は気を引き締めている。

社員たちの報告が落ち着いた頃合いを見計らって、未春が近づいてきた。

契約の資料を七海に手渡しながら、

「大丈夫だった？　ゆうべ」と声を低くして訊《き》いた未春。

「え？　私、何した？」

「あっ！　憶《おぼ》えてないんだ」

「まさか、社員の前で何か妙なことをしてしまったの？」

そういえば、皆の視線が何となくいつもと違うように見えるのは気のせいだろうか……。

未春は悪戯《いたずら》っぽく笑って言った。

「社長、お泊まりだったんだって、全員、気がついてるわよ」

そのことか……。

七海は、妙な気恥ずかしさを振り払おうと咳払《せきばら》いをして、すれ違う社員たちや遠くからチラチラと自分の方を見ている社員までにも「おはよう」と声をかけた。

そんな七海の動揺を未春はすっかり見抜いているらしく、クスクス笑っている。

「部屋に着替え入れといたから」

「サンキュー！」

こういうときの未春は本当に気が利くと、七海は感動していた。

「で、どうだった、彼」

「彼？」

彼とは、きっと、今朝、殴った「彼」のことだろう。

どうだったと訊かれても、ほとんど何も憶えていないのだから、答えようがない。

「ゆうべナンパした彼に決まってるでしょ」

「えっ、ナンパ!?」

予想外の言葉に、思わず大声を出してしまった七海。

その声と内容に、社員たちの視線が一斉に七海に集中している。

七海は笑ってごまかすと、未春の腕をつかみ、社長室に引っぱり入れた。

ガラスドアを閉めて、未春と二人きりになった七海は、

「ホントに！　ホントに私がナンパしたの？」

と思わず取り乱した口調になっている。

「なんにも憶えてないの」と、未春。呆《あき》れたと言いたげだ。

自分が見知らぬ男をナンパしたなんて、七海はとても信じられなかった。

「帰りに道草するって言い出して、いきなり公園で、車を降りたのは？」

着替えのスーツに袖《そで》を通しかけていた七海は「え？」と、未春を見た。

「……全然、憶えてない」

「噴水のことは？」

「噴水？」

必死に記憶を掘り起こす七海。

会社の車でパーティ会場を出たとき、未春も一緒に乗っていたはずだ。

言われてみれば、公園で降りた気もする。そう、噴水のある公園だった。

そこに男の人が来て……。

「あ！」と思い出した七海。

そうだ、あの男の人だ。

今朝、殴ってしまった彼――。

「……どうしよう……私、殴っちゃった」

「はぁ？」

「だって朝起きたら、知らない男の部屋で裸だったから」

「自分《じぶ》ん家《ち》だと思って自分で脱いだんじゃないの。服、濡《ぬ》れてたし」

未春は苦笑いをしている。

そう、噴水の水を浴びてしまったのだ。

「まあ、悪い人じゃなかったみたいだし、よかったじゃない」

未春はクスクス笑いながら、社長室を出て行った。

七海の脳裏に、ゆうべのことが次々と蘇《よみがえ》ってくる。

さっきまでは、まったくといっていいほど、思い出せなかったのに。

昨夜のパーティは、社員が自分の誕生日を祝ってくれるために企画してくれた誕生日会だった。会社の近くにあるイタリアンレストランを貸し切って、ちょっとしたホームパーティのような楽しさだった。

今年は、社員たちだけの堅苦しくないバースデーパーティをやろうと、言い出したのは未春で、誕生日を祝ってくれる男がいなくて淋《さび》しいでしょ、と茶化しながら言っていた。

「社員たちとのコミュニケーションの場も兼ねてやるから、皆もきっと喜ぶよ」

と、未春は付け足した。

けれど七海は、仕事とは関係ない自分の誕生日パーティに参加してくれる社員は、そう多くはないだろうと予想していた。

「社長」という立場の七海と社員の間には、それなりの距離があったし、皆、仕事以外でそんな時間をとられるのは迷惑だろうと思っていた。

私にとっては誕生日でも、皆にとっては普通の日なのだから。

お祝いしてくれるのが、たとえ未春だけだったとしても、ガッカリしたりしないように、七海は自分に言い聞かせていた。

だからなのか、予定よりも少し遅れてレストランに着いた時は、驚くと同時に、とにかく嬉しかった。

会場には、ほぼ全社員が集合してくれていたのだ。

つい数十分前まで会社で見せていた、仕事の顔とは別の表情で、拍手をしたりクラッカーを鳴らしながら七海を出迎えてくれた。

二〇〇人近い社員から、お祝いの言葉をもらい、何度もシャンパンを注いでもらって、乾杯をした。

コントや手品など、余興を披露する社員たちもいて、バースデーパーティというよりは結婚式の二次会みたいだと笑いながらも、アルコールがずいぶん回っているのを感じていた。

バースデーソングに合わせて運ばれてきたケーキには、律儀にも年齢《とし》の数だけロウソクが立っている。

本当に楽しくて、最高に嬉しかった。

花束とプレゼントをいっぱいかかえて、未春と一緒に会社の車に乗り込むと、高校時代のなんてことない思い出話をして、二人はバカなほど大笑いした。

ふいに、今日が終わってしまうのが惜しくなった七海は、このまま帰りたくないと、車を停《と》めてもらう。

ちょうど目の前に、噴水のある公園が見えたのだ。

「やめときなさいって。そんなに酔っぱらっているんだし、危ないわよ」

止める未春を振り切り、

と、七海は車から降りていった。

公園では、ライトアップされた噴水が大きく上がったところで、光を反射して、幻想的に輝いていた。

噴水の縁に立った七海。高いヒールだったけれど、気にしなかった。

水辺を歩くと、ふわふわ、浮いているようだと感じていた。

「七海！　何やってるのよ」車の方から、未春の声が聞こえる。

「キモチいいよ～」と返す七海。

水の動きにあわせて、水面に映った光が揺れている。

まるで虹《にじ》の上を歩いているような、心地好さだった。

そのとき、濡れた足元のハイヒールが滑り、七海の身体《からだ》がグラッと傾く。

「あっ！」落ちる――。

そう思った瞬間、強い力にグッと引かれて、七海は地面に立っていた。

七海の身体を咄嗟《とっさ》に支えた力強い腕。

その腕のおかげで、転ばなくてすんだのだ。

筋肉質の、陽《ひ》に焼けた男の腕。

その腕を辿《たど》っていくと、心配そうに七海の顔を見ている男の顔があった。

「どなたか存じませんけど、ありがとう」

ホロ酔いかげんの七海が言った瞬間、背後で何かが弾《はじ》ける音がドンと響いた。

びっくりして振り返った七海に、高く噴き上げた噴水の水が降り注ぐ。

七海を支えてくれた彼にも、水が降り注いでいる。

あまりにもびっくりした七海は、思わず笑ってしまい、それを見た彼も笑っている。

目を細めて、顔をくしゃっとさせて。

その笑顔に、なぜだか、ふと安心感を覚えた七海。

全身ずぶ濡れになりながらも、ふたりは笑い合っていた。

「七海。いい加減にしないと、置いてくわよ〜」遠くから未春の声がする。

「未春、先に帰ってて〜」

「本当に帰っちゃうわよ?」という声が聞こえた気がしたが、七海はそれには答えずに彼に向き直った。

「どなたか存じませんけど、お詫《わ》びに一杯おごらせて」

そう明るく言うと、陽気な七海は、ひとりで先に歩き出していた。

久しぶりに、とても気分が良かったのだ——。

そこまで思い出して、七海は溜息《ためいき》をついた。

彼が家まで送ってくれると言うので、車に乗り込み、窓の外を流れる景色や街の光が、まるで流れ星のようだなぁと思いながら見ていたのまでは、記憶がある。けれど、憶えているのはそこまで。

次に憶えているのは、今朝。あの部屋で目覚めたこと。

おそらく、酔った勢いのまま車で眠ってしまった自分を、彼は、仕方なく部屋に連れて行ってくれたのだろう。

未春の言う通り、洋服は自分で脱いだに違いない。

濡れていたのもあるけれど、いつもひどく酔っぱらって家に帰ると、眠っているあいだに洋服を脱いでいるのだ。これまでも、朝、目覚めると全裸だったことが何度かあった。もちろん、自分の部屋でひとりきりのときだけれど。

七海はコーヒーサーバーから、プラスチックのカップにコーヒーを注いだ。

コーヒーのいい香りが、今朝のことをいっそう思い出させて、どっと後悔が襲ってくる。

殴ってしまうなんて、早とちりもいいところで、最低なのは自分の方だ。

昨夜の自分も、今朝の自分も、キレイさっぱりなかったことにしたい。

自分の気分とは裏腹に、よく晴れ渡って、明るく照らされている街を見下ろした七海は、また、深い溜息をついていた。

☆

夕刻。キム・ジュノが小児病棟のフロアにやってくると、廊下には、いつものように子供たちの泣き声が響いていた。

夕食も終わり、病院の面会時間が過ぎようとしていた。

粘土細工の道具を抱え直したジュノは、「ママぁ」「帰らないで」と泣いている子供たちの悲しげな声が聞こえてくる方へと急いだ。

ジュノが、初めてこの病院を訪れたのは、まだ日本に来たばかりの頃で、同じ陶芸研究室の友達に誘われたのがきっかけだった。

彼はジャグリングが得意で、いろんな病院に入院している子供たちを訪ねてはパフォーマンスを披露する活動をしているのだと話していた。

彼のようなパフォーマンスは出来ないけれど、粘土で子供たちと遊ぶくらいなら自分にも出来る。せっかく日本に留学したのだし、陶芸以外のこともやってみたいと思っていたジュノは、彼の誘いにのった。

家からそれほど遠くないこともあって、それからたびたび、この病院の小児病棟を訪れるようになっていた。

　はじめのうちは、昼間の面会時間内に来ていたのだが、つい夢中になって子供たちと一緒に夕方まで遊んでいたときのこと。

　面会時間をとっくに過ぎていたので、注意されるかもしれないと思っていると、

「いつもは子供たち、この時間になると大騒ぎするのよ。今日は、あなたのおかげで助かったわ、ありがとう」と、看護師たちに感謝された。

　母親や家族と離れるのが嫌で、夕方のこの時間、子供たちは泣くのだと言う。帰ってしまっても、しばらく泣きやまないらしい。

「夕ご飯を食べなければ、お母さんはずっといるんじゃないかって、ご飯を食べようとしない子もいるのよ。泣く子供を置いて帰らなくちゃいけないお母さんたちも辛《つら》そうで、見ているこっちまで悲しくなるの」

　年配の看護師は、そう話してくれた。

　それからは、食事が終わって母親たちが帰ってしまう夕方頃に来るようにしている。面会時間外だが、ジュノに関しては病院も大目に見てくれていた。

　病室の子供たちは、母親の服を摑《つか》んだり、荷物を離そうとしなかったりして、必死に抵抗をしている。親も看護師たちも、なんとか子供たちをなだめようとし

ていた。

そんな時にやってきたジュノを見て、大人たちが僅《わず》かにホッとするのを感じた。

ジュノは、いつものように、病室の中央にテーブルを移動させて、持って来た紙粘土を広げる。

「さあ、今日は何を作ろうかな」

大きな声で言って、鼻歌を歌いながら紙粘土をこねはじめた。

子供たちは、泣きながらもジュノの様子を気にしている。

ジュノは、まず少年の人形を作って、テーブルの上に置いた。

「出来たぞ。じゃあ、次は何を作ろうかな」

それからまた、紙粘土をこねはじめた。

すると、一人の子供が鼻をグスンと鳴らしながら、ジュノのそばにやって来て、少年の人形に興味を示していた。

それを見た他の子供たちも、一人、二人と近づいて来て、ジュノの手元をのぞき込む。

「お母さん、また明日来るからね。いい子でね」

そう声をかけられた子は、ジュノの手元を見つめたまま、

「うん、バイバーイ」

とあっさり言っている。

その素っ気なさに母親は苦笑いをしながら、ジュノに会釈をして静かに部屋から出ていった。

他の母親たちも、同じようにして病室を後にする。

ジュノは、作ったばかりの龍《りゅう》の人形をひょいと出した。

「ガオー!」

と、少年の人形に向かって吠《ほ》えると、今度は少年の声色を作って、

「かかってこい! それー!」

と、人形を動かしてみせる。

「僕もやる!」

子供たちが一斉に手をのばした。

ジュノが「順番、順番」と紙粘土を渡してやると、皆、すぐに熱中した。

目を輝かせて、さっきまで泣いていたことなどすっかり忘れて。

そんな子供たちの様子を見た看護師たちも、ホッとして笑顔になっていた。

病院の消灯時間が過ぎると、ジュノは小児病棟のプレイルームで作業にとりかかっていた。

子供たちがいつでも自由に遊べるように、大きな箱庭のジャングルを作る計画なのだ。

紙粘土で木や恐竜などを作っていると、看護師がプレイルームに顔を出した。

「いつもありがとうね。みんな、いい子で寝たわ」

「よかった」

ジュノは看護師に、笑顔を向けた。


病院からの帰り道。

公園の前を通ると、ちょうど、噴水が水を高く噴き上げていた。

ふいに、昨夜の女性の姿がジュノの頭をよぎる。

偶然に見つけた、彼女。

下からライトに照らされていたせいか、ふらついた足取りのせいなのか。

噴水の縁を歩く彼女の姿は、まるで空中をふわふわと飛んでいるように見えた。

すごく楽しそうで、けれど危うげで。

彼女の身体が、グラッと揺れた瞬間、咄嗟に身体が動いていた。

水に落ちなかったのはよかったけれど、結局は噴水の水を浴びて、ふたりともびしょ濡れになっていた。

けれど、水を浴びてしまったのが不思議と嫌ではなかったのだ。

むしろ、妙に心が躍って気持ちがよかった。

何故《なぜ》だろう……。

彼女と一緒だったから？

軽やかに動く人だったと、思い出すジュノ。

今にも踊り出しそうな身軽さだった、と。

その彼女は、「星野七海」と名乗っていた。

七海は、助けてくれたお礼におごらせて欲しいと言い張っていたが、目はうつろで、足取りもふらついていたから、これ以上、飲めるようにはとても見えなかった。

それに、ふたりとも全身ずぶ濡れで、飲むどころではない。

「風邪《かぜ》ひくから、うちまで送ります」

公園前に停めていた車まで七海を連れて行き、助手席のドアを開けてやると、
七海は、うつろな瞳《ひとみ》でジュノを見て、

「それは、ご親切にどうも」

と深々お辞儀をした。

かなり酔っているのにもかかわらず、丁寧過ぎるほど深く頭を下げた七海の姿

が妙におかしくて、ジュノはついつい笑ってしまった。

エンジンをかけて「どこですか」と訊くと、

「あっちです」

とまっすぐ指を差す七海。

そのとおりに、車を走らせるジュノ。

しばらく七海が何も言わないので、不安になって助手席を見ると、彼女は、窓の外に流れる街の光に見入っていた。

彼女は、病院の子供たちと同じ、純粋な目をしている。

まるで流れ星でも見るように、瞳を輝かせていた七海。

知らず知らず自分が微笑《ほほえ》んでいたことに気づいて、ジュノは視線を前に戻した。

「こっちです」

ふいに七海が指を差したので、交差点に差しかかっていた車のハンドルを慌てて切ったジュノ。

ところが、一方通行の標識ばかりで、何度も同じ道に戻ってきてしまう。

迷っているんじゃないかというジュノの不安に気づいたのか、

「やっぱり、こっちでした」

とかなり確信を持った口調で、別の方向を指差した七海。

ジュノが、しばらく黙って車を走らせていると……。

——さっきまでいた噴水の公園に戻って来てしまった。

助手席の七海を見ると、いつの間にか眠ってしまっている。途方に暮れる思いで見た彼女は、穏やかな寝息を立てている。

何年ぶりかに熟睡したような、安らかな寝顔。その、すっかり安心しきって寝ている七海を前に、ジュノは、起こすのをやめて自分のウチで寝かせてあげようと家に向かった。

助手席から七海を抱きかかえてベッドまで運んだとき、何度か大きな音を立てたが、彼女が目を覚ます気配はない。よっぽど疲れていたのだろう。

ジュノは七海を起こさないようにベッドのうえに静かに横たえ、自分はリビングのソファで眠りについた。


ふいにジュノは、今朝、七海に殴られたことを思い出し、頬《ほお》に手を当てていた。

パシンッと、いい音がしたわりには、たいして痛くはなかったのだけれど。

誤解を解かずに彼女を帰してしまったが、何もなかったとちゃんと説明をしてあげた方がよかったのだろうか……。

とんだとばっちりを食ったのは自分の方なのに、なぜか、なんとなく罪悪感を憶えていた。

きっともう、彼女と会うことはないだろう。そう思うと、ひどく残念な気がしてならなかった。

昨夜のことを思い出しながら歩き、家に辿り着いたジュノは、突然の訪問者に驚いていた。

七海が、目の前にいるのだ。

玄関に続く垣根のところに俯《うつむ》いていた彼女は、昨夜、そして今朝とは別人の、まるで少女のように不安げな様子で立っていた。

ジュノを見た彼女は、一瞬笑顔を見せたが、すぐにバツが悪そうな表情になり、視線を落としてしまう。

ジュノは、再び七海に会えて喜んでいる自分を、この時はっきり感じていた。

それを悟られるのが恥ずかしくて、わざと表情をくもらせていた。

☆

ガスコンロにかけたホーローケトルの口から、立ち上りはじめた湯気。

いたたまれない七海は、リビングに立ったまま、キッチンにいる彼の様子を、そっと窺《うかが》っている。

彼は、ケトルからネルフィルターに静かに熱湯を注いでいた。

七海は、ずいぶんこだわっているなと感心しながらも、以前、自分が買うのをやめたことを思い出していた。ネルフィルターで淹《い》れるコーヒーは、店で飲むような味わいになるという。けれど、ちゃんと手入れをしなくてはいけないと聞いて、諦《あきら》めたのだ。

それにしても――。

彼は「どうぞ」と、ぶっきらぼうな口調で家に招き入れてはくれたが、ずうっと黙ったまま、ひとことも話さない。

やっぱり、怒っているんだ……。

重苦しい沈黙に耐えきれなくなった七海は、

「ごめんなさい。申し訳ありませんでした」

とコーヒーを淹れている彼の背中に向かって頭を下げた。

「私、お酒強くないのに飲んじゃって、今朝は完全に記憶が飛んでて、早とちりで、本当にごめんなさい。今日は仕事が手につかないぐらい落ち込んで、そこで一人反省会してたの」

一気にしゃべってしまってから、どうして訳の分からない言い訳をしているんだと、七海はまたしても後悔している。

謝罪の言葉をいろいろと考えて、何度も何度も繰り返し練習したというのに、彼は相変わらず黙ったままだった。

ものすごく、怒っているのかもしれない。

想像したよりも、ずっと。

「……あのぉ、何か言ってもらえませんか？　そんなに怒ってます……？」

「もっとゆっくり、話してください」

「え？」

七海には、彼の言葉の意味が、すぐには理解できなかった。

彼は振り返って、

「僕は韓国から来たばかりで、日本語がうまくありません」

ゆっくりとした口調で、ひと言ひと言、丁寧に話した。

外国語を母国語とする人が、日本語を話すときの、独特のイントネーションが僅かに混じっている。

「韓国！　そうだったの……」

七海は、これまで張りつめていた自分の緊張の糸が緩むのを感じていた。

怒鳴られても仕方がないと内心覚悟していたからだ。

彼は背を向けて、コーヒーを淹れる作業に戻った。

また、部屋に流れる沈黙の時間。

私たち、何かありましたかって訊きたい。

そんな七海の思いを悟ったのか、ふいに彼は、

「心配しないでください。僕はそこで寝ました」

そう言って、リビングにあるグリーンのソファをさした。

「そ、そうですか……」

七海は、ふっと安堵《あんど》したものの、申し訳なさと恥ずかしさでその場から消えてしまいたかった。

「すみません。すぐ帰りますから」と鞄《かばん》を手にとり玄関に行こうとした時、彼が「どうぞ」と、コーヒーの入った陶器のカップを差し出した。

コーヒーカップを手にした七海が、落ち着いてから改めて部屋を見渡してみると、今さらながら、焼き物がいくつもあるのに気がつく。

もともと焼き物が好きだった七海は、棚に並べられた皿や急須《きゅうす》、カップなど様々な陶器類を興味深く鑑賞しはじめた。

部屋の一角は作業スペースになっていて、ドアのガラスからはその中が見える。

工房と呼ぶに相応《ふさわ》しく、様々な道具と奥には轆轤《ろくろ》まである。

「あ！　陶芸なさってるんですか」

「はい。一年前、焼き物の勉強で日本に来ました」

「じゃ、これもあなたが？」

「はい」と、彼は少しはにかんで答えた。

七海は、手に持ったカップをあらためて見つめる。

そのカップに、不思議と魅力を感じていた。

「私、休みの日には、よく焼き物のお店やギャラリーを見て歩くんです」

ついつい、いつものクセで自分が早口になっていたのに気づいた七海が、ふと彼を見ると、優しく微笑んでいた。

よかった、通じている。

嬉しくなった七海は、手の中にあるカップをもう一度見つめた。

奇抜な型や珍しい色彩でもない、いたってシンプルな、その陶器のコーヒーカップには、特別な存在感があった。

七海は、両手でカップを包むようにして、その感触を確かめる。

「このコーヒーカップ、土のあたたかみがあって……なんだか、ずっと触れていたくなる……」

それから、彼が淹れてくれたコーヒーに口をつけた……。

なんて美味《おい》しいんだろう。

「ずっと……持っていてください」

「えっ？」と驚くと、

「あなたに差しあげます」

彼はにっこり微笑んでいる。まるくて切れ長の目は、笑うと垂れ目がちになっていた。


このカップは、彼の放つ空気感によく似ている。

思いがけずプレゼントされた陶器のカップで、コーヒーを飲んでいる七海は、会社の会議室の椅子《いす》に座りながら、昨夜のことを思い出していた。

彼の名前は、キム・ジュノ。

大学院の陶芸研究室で勉強しているのだという。

もともと、陶器などの工芸品が好きだった七海は、会社の事業で陶磁器類も取り扱うようになってからは、有名無名を問わず、何人もの作家、何百、何千もの焼き物に接してきたが、こんなふうに心惹《こころひ》かれる作品に出会ったのは初めてのことだった。

よく、作品には創《つく》った人間の個性が宿るというけれど、本当にそうかもしれな

いと、しみじみ思っていた。

「温かみがあって、ゆったりしていて、どっしりとした強さもあって。世界でたったひとつ、彼だけが創り出せた特別なカップ」

各部署の役員たちが集まった業務報告会議は、いつの間にか未春の報告に進んでいた。

役員たちの前に立った未春は、スクリーンの数字を示して話し続けている。

「今期の目標売上三五億五〇〇〇万円に対して、現時点で一〇五パーセントで達成しています。利益目標四億円に対しては、一三〇パーセントで達成しました」

社長である七海の方を向き直った未春は、

「社長、全体状況について何かありませんか？」

と問いかける。

その瞬間、七海はハッと我に返り、立ち上がった。

「全体の利益目標を達成できたのは、各部門の努力に加えて、管理部門共通費と配送部門の運送コストダウンも大きな要因です」

そう話す七海の表情は、経営者の顔をしていた。

2

先ほどから、何度も時計を見ている。

そんな自分に気づいて、ジュノはコーヒーに口をつけた。

だが、すでにカップの中は空。

あの日。

七海が謝りに来た、あの夜。

帰り際の七海は、何かお礼をさせて欲しいという言葉を繰り返していた。

「お詫《わ》びに伺ったのに、逆にこんなに素敵なカップをいただいてしまって、これじゃあ……」

「本当にいいんです」と、ジュノは笑っている。

本当に、何かを期待してコーヒーカップをあげたのではなかった。七海が自分の創《つく》ったカップを大切に扱ってくれる仕草が、ただただ、とても嬉《うれ》しかったのだ。

彼女が自分の焼き物を誉《ほ》める言葉も、お世辞ではないのだと素直に受け取ることが出来た。

それと——。

ふたりの間に、なにか繋《つな》がりが欲しかったのかもしれない。

七海が玄関を出て行った直後、ジュノは咄嗟《とっさ》に追いかけて、

「また来てください！」

と叫んでいた。

「え？」と振り返った七海は、大きな目を、さらに大きく開いて驚いていた。

「えっと、陶芸をやりに。その、もし、よかったら……次の土曜日にでも」

七海は、にこっと微笑《ほほえ》み、

「ええ、ぜひ」

と答えていた。

あの日、今日の一三時に来ると言って、七海は帰っていった。

一三時まで、まだ一五分ほどあるが、彼女は本当に来るのだろうか。ジュノの頭の中で期待と不安が交錯している。

断るのは悪いと思って、陶芸に興味があるふりをしてくれたのかもしれない……。

シャコウジレイというやつなのか。

社交辞令というのは、妙な習慣だとジュノは感じる。

韓国でも、社交辞令のようなやりとりがないことはないのだが、日本人のそれは、どこまでが建前で、どこからが本音なのか判断しかねてしまう。

日本に来てから、相手と約束をして、期待をしたのに、それが社交辞令だと知って、落胆することが何度もあったからだ。

だが今日は、落胆というよりも悲しみの方が強い気がしている。

彼女が来ても来なくても、窯《かま》に火を入れる準備はしておこう。

ジュノは、空になったカップを流しへ置いて、薪《まき》を取りに車へ向かった。


自宅の工房から続く裏庭の隅に、窯はあった。

雨がかからないよう、屋根があり、ちょっとした小屋のようになっている。

この一軒家を貸してくれたのは、ジュノの恩師である教授だ。

その昔、教授が陶芸製作のアトリエとして使っていたのだが、もうずいぶんと長い間使っていないからと貸してくれた。

建物自体は、年季が入っていてかなり古かったが、部屋は充分な広さがあり、天井が高いのも気に入っていた。

リビングの隅の壁には絵が描かれている。おそらく教授の作品なのだろう。

雲の切れ間から、眩《まぶ》しいくらいの光の筋が緑の草原に差し込んでいる。それがどことなく故郷の風景に似ている気がして好きだった。

そして、窯つきの家に住めることが何よりも嬉しかった。自分の専用の窯があるのだから、陶芸家として、これほどラッキーなことはない。

この家にあるのは薪窯《まきがま》だから、焼き上げるのに時間はかかるし、温度調節も勘に頼ることが多い。火をつけたらほとんど付きっきりになってしまう作品の出来は、運に任せるしかないけれど、思いもよらない焼き上がりは、むしろ好きだし楽しみだった。

ジュノは、窯の前に積んである薪の山に、車から運んできた薪の束を置いた。

時計の針は、すでに一三時を回っている。

七海は来ないのだろうか……。

知らず知らずのうちに、大きな溜息《ためいき》をついていた。

☆

ジュノの家の玄関前に立っている七海は、あがった息を落ち着けようと、何度も深く息を吸い込んでいた。

時計の針は、一三時一〇分をさしている。

一〇分も遅刻してしまった。

ドアチャイムを押すが、なぜか応答がない。

そして、家の中からは人の気配を感じなかった。

出かけてしまったのだろうか……。

昨夜、寝る前にちゃんと服を選んで準備しておけば、遅刻しなかったのにと、後悔していた。

もう一度チャイムを鳴らしてみたが、やはり応答はない。

もしかして彼は、今日の約束のことなんて憶《おぼ》えていないのかもしれない。ちょっと期待していた分、七海の落胆は大きかった。

すぐに帰って来るかもしれないから待っていようか、でも迷惑かもしれない。

どうしようか決めかねていると、背後から足音が聞こえてきた。

振り返ると、そこには、薪を抱えたジュノが立っていた。

自然と大きな笑みがこぼれる七海。

「ごめんなさい。少し遅れてしまって……」

ジュノは気にしていないというふうに、にっこりと微笑んだ。

そしてジュノは、玄関を開け、工房の方へ七海を案内する。

生まれて初めて工房へ入った七海にとって、そこは不思議な空間だった。ヘラ、刷毛《はけ》などの陶芸に使う道具。棚に並べられた、焼く前の皿や壺《つぼ》。壁のコルクボードに無造作に留めてある、ポストカードやメモ。開いたままのスケッチブックには、デザイン画が描かれている。そして、轆轤《ろくろ》。

それらが雑然と置かれていて、いずれも見たことも触ったこともないのに、なぜだか懐かしい気がしていた。

この工房が生み出す空気感や居心地の良さを、七海は肌で感じたのだ。そして、工房の奥には、土間のような部屋がもうひとつあった。

「ここは?」と、七海が訊くと、ジュノは、

「土をこねるときに使います。この家は、僕の先生から借りているんです」

「そうなんですね」と、七海は部屋を見渡した。

「このサンダル、使ってください」と、ジュノ。七海は、「ありがとう」と言うと、ジュノの大きなサンダルに足を入れて、作業スペースに降り立った。

ジュノが、工房にあるドアを開けると、そこから裏庭に出られるようになっていて、庭の向こうには、ちょっとした小屋があった。

薪が高く積まれていて、奥には、レンガ造りの窯が見える。

七海は思わず、「わぁ」と歓声を上げていた。

窯の方に向かっていたジュノは、振り返って、なんとなく誇らしげな笑顔を見せる。

七海は、まるで子供のようにはしゃいで、薪を積み上げるジュノのもとへと駆け寄っていた。

七海の足には大き過ぎた、ジュノのサンダルが、パタパタと音を立てていた。

薪を降ろし終えたジュノは、近くにあった麻の袋を移動させていた。

「私も手伝います」と、ジュノが運んでいた袋と同じものに手をかけた七海。

その袋は、陶芸用の土が入っているらしく、見るからに重そうだった。

ジュノは、あからさまに心配した視線を七海に向けている。

「こう見えても力持ちなんだから」と言いながら、袋を持ち上げようと屈《かか》んで腕に力を入れた七海だが……。

持ち上げるどころか、どんなに力を入れても微動だにしない。

まるで、しっかり地面に根をおろした大木のように、一ミリだって動かないような気配だった。

そんな七海を見て、思わずクスクス笑ってしまうジュノ。

大見得をきったのに、恥ずかしい……。苦笑いでごまかすしかなかった七海の足元にある袋を、彼は、片手で軽々と持ち上げた。

あれほど強固に動かなかった袋が、いとも簡単に運ばれていく。

こんな時、いつもの七海なら悔しいと思うはずなのに、不思議と今日は違っていた。やっぱり男の人の力にはかなわない。なぜだか素直にそう思えていた。

ジュノの邪魔にならないようにと、七海が、隅に移動したその時、思いがけず、足元の小さなくぼみに足をとられてしまう。

「アッ」と倒れかけた瞬間。

噴水で出逢《であ》った時と同じように、ジュノの腕は、しっかりと七海の身体《からだ》を支えていた。

「よかった」

ジュノは溜息混じりに言って、にっこり微笑んでいる。屈託ない笑顔だ。

「大丈夫ですか?」

そう言われた七海は、自分がジュノの顔をじっと見ていたことに気がついた。

途端に顔が赤くなるのが分かって、思わず俯《うつむ》く。

「……ありがとう」と言った声は、自分でも驚くほど小さかった。

「あの、私、部屋にいます。ここにいても、邪魔になっちゃうだけだから」そう早口で言うと、七海は、家の中に逃げるように入っていった。

なぜだろう、胸の鼓動が速くなっている。

どうして、意識しているから？

少しでも自分を落ち着かせようと、リビングテーブルの上に、自分のノートパソコンを開いた七海。冷静さを取り戻すには、慣れているものに触れるのが一番だと思ったのだ。

でも、逃げるように部屋に入ってきてしまったけれど、気分を悪くしていないだろうか……。

急に不安になった七海は、再び、そっと工房をのぞいた。

工房に続く作業場では、ジュノは土を練っている。

勢いよく、土に全身の力をぶつけている。

「よかった、気にしていないみたい」

没頭するジュノの邪魔をしないよう、七海はそっとリビングに戻った。

「ハッ」と顔をあげた七海。

ここで眠ってしまっていたのだ。

いつの間にか、肩にはブランケットがかけられている。きっと、彼がかけてくれたのだろう。

また彼の前で眠ってしまったと、七海は小さく反省しながらも、彼といると、とても安心できている自分に気がついた。

会社の経営者として、女の弱みを見せまいと、知らない間に何重にも着込んでしまった鎧《よろい》のようなものが、彼の前では、自然とほどけていく感じがしていた。ありのままの自分を受け入れてくれたのが嬉しかったのかもしれない。

部屋には、夕陽《ゆうひ》が差し込んでいた。

窓から吹き込んでくる涼しい風が、静かにカーテンを揺らしている。

どこからか、小さな機械の音が聞こえてきた。

音を辿《たど》ると、工房で、ジュノが轆轤を回していた。

邪魔をしないように、そっと、工房の陰から様子を見つめる七海。

ジュノは、かなり大きな作品を創っているらしく、まるで、土に戦いを挑んでいるかのように、真剣な表情をしていた。

しばらくすると、ジュノは七海が起きたことに気づいたらしく、振り向いて、「七海さん、あとで送って行きます」と言った。

数秒前の表情とはまったく違う、柔らかい笑顔を七海に向けていた。

「いいから、続けて」七海がうながすと、ジュノは、再び轆轤に向き直った。

台の上で回転する土にジュノが触れると、彼の指に従って、土は形を変えていく。

そして、みるみるうちに美しい丸みを帯びていった。

「……すごい……生きているみたい」

「七海さんもやってみますか？」

「いいの？」

ジュノは、完成した器を外して、轆轤の上に新しい土を置く。

手を引かれて、ジュノの前に座った七海の心臓は、トクトクトクと速い鼓動をうっていた。

この胸の高鳴りが、土に触れることへの好奇心からなのか、ジュノに包み込まれるようにして座っているからなのか、分からずにいた。

轆轤が回りはじめ、恐る恐る土に触れてみると、スルスルと滑らかに、七海の両手の中で回転している。

その表面に両手を滑らせ、土の感触を確かめた。

「……冷たくて、気持ちいい」

不意にジュノが、土に触れている七海の手に自分の手を重ねた。

七海は、ドキッとしながらも、指が長くて大きな温かい手だと感じていた。
ふたりは、重ねた両手を粘土の表面に滑らせている。
ジュノに導かれた七海の手の中で、土が形を変えていく。
指を絡めるように交差させて。ゆるやかに、流れるように。
時には優しく、時には強く。
土の冷たさと、ジュノの温《ぬく》もり。
微《かす》かに伝わってくる彼の鼓動も感じる。
このままずっとこうしていたい、と、七海は思っていた。
静かに流れる穏やかな時間――。
塊だった土は、次第になめらかな曲線を帯びて、美しい花器となっていた。
ジュノは彼女の手にヘラを握らせる。
「何か描いてください」
「え？　私が？」
七海は、自分の絵心のなさを良く知っていた。
「……ヘタクソでも、笑わないでね」
頷《うなず》くジュノ。
少し考えてから、器に絵を描きはじめた七海。

描き終わった絵を見たジュノは、なぜか首をかしげている。

「これは?」

「ムーミン」

七海が答えても、ジュノはキョトンとしたまま。

確かムーミンは、耳がピンと立っていて、しっぽがはえていて、こんな感じだったと思うけど……。

「ムーミンって、なんですか?」

「知らないの?」と途端に自信をなくした七海。

「はい」と答えて、ジュノは、もう一度絵をじっと見つめていた。七海の肩越しには、近づいてきたジュノの顔があった。

その近さに思わず息が止まった七海。間近にあるジュノの横顔をそっと見ると、自分でも分かるくらい、心臓の鼓動が速くなっている。

すると突然、ジュノは笑い出した。

「でも、ヘタクソ」ジュノは、顔をくしゃっとさせながら笑っている。

「ひどーい! 悪かったわね! 笑わないって言ったのに」と、七海が振り返った、その時。

ジュノは、七海の腕を摑《つか》んで、グッと力強く、彼女の身体を引き寄せた。

真剣な眼差《まなざ》しで、まっすぐに七海を見つめるジュノ。

七海は、その視線から逃げることができなかった。

吐息がかかりそうなほどの距離——。

どちらからというわけでもなく、互いに引き寄せられるかのように、自然に……。

ふたりは、そっと唇を重ねた。

七海をしっかりと抱きしめるジュノ。

まるで身体中の細胞が踊っているかのように、七海の心臓はドキドキと高鳴っていたが、それは、ジュノも同じだった。

力強い腕に抱きしめられながら、七海はジュノの想《おも》いを全身で感じていた。

ベッドには、月のおぼろげな光が差し込んでいる。

その光の中で、ジュノは、七海に何度も何度もキスをした。

優しく、熱く。

額に、頬《ほお》に、鼻に、唇に、首筋に——。

吐息が肌をくすぐる。

お互いを確かめるように、ふたりは見つめ合っていた。

こんな気持ちになるのは、いったいいつ以来なのだろうと思いながら、身も心も安心して、ジュノに身をゆだねた七海。

ジュノには、そんな七海の想いが伝わっていた。

ジュノの動きひとつひとつに、自然と応《こた》えていく七海。ジュノの優しさに包まれ、彼の胸の中で、七海はすっかり満たされていた。


目を覚ました七海。

月はいつの間にか太陽に変わり、ベッドの上のふたりを照らしていた。

隣には、穏やかな優しい顔で、ジュノが眠っている。七海は、静かな寝息を立てているジュノの唇を、そっとなぞってみた。

ジュノが、眩しそうに目を開けた。

七海は、まるでイタズラをした子供のように、急いで寝たふりをしている。目をしっかりとつぶって、笑わないように我慢していた。

「七海……？」

身体を起こしたジュノが、自分の顔をのぞき込んだのが分かった。

動かない七海の、額に、鼻の頭に、瞼《まぶた》に、唇に、キスの嵐《あらし》を浴びせるジュノ。

それでも目を開けない七海。

ジュノは、シーツの上から七海の身体中をくすぐる。

「くすぐったい！」

たまらずに足をバタバタさせてもがいた七海は、声をあげて笑っている。

くすぐる彼の手を押さえようとしたが、ジュノは、シーツにくるまった七海を、ギュッと力強く、後ろから抱きしめた。

「サランヘヨ」ジュノが耳元でささやいた。

「今、なんて言ったの？」

振り返った七海を、ジュノはまっすぐ見つめて言う。

「愛してる」

七海は、身体中が嬉しさで満たされていくのを感じていた。

ジュノは再び、真剣な眼差しで、「サランヘヨ、七海」と言ってキスをした。

優しい、愛のこもったキス。

まだ夢を見ているのではないかと疑ってしまうほど、幸せだった。

こんな時が、自分に訪れて、現実になるなんて――。

七海は、自分の身体中を幸せで満たすかのように、この時間に流れている空気を、思いきり吸い込んでいた。深く、深く……。

3

七月最後の土曜日。浅草寺《せんそうじ》は、花火の見物客でごったがえしていた。

七海との待ち合わせ時間よりも早くついたジュノは、思わぬ人の多さを見て、これ程たくさんの人々が、普段はどこにいるのかと驚いていた。

昼間の蒸し暑さは夕刻になっても引かず、むしろ増している気がする。人々の熱気のせいかもしれない。

昼間から、花火の場所取りをしていた人々も、広げたビニールシートの上で既にすっかり酔っぱらい、手を叩《たた》きながら、陽気に踊り、歌っている。

広くはない道の両側に、ずらっと並ぶ様々な屋台。

そこから聞こえる威勢のいい呼び声が、花火を待つ人々の期待感を、いっそう掻《か》き立てていた。

そろそろ、七海との待ち合わせ時間だ——。

これほどの人混みの中で、はたして七海を見つけられるだろうか。その不安は、ただの取り越し苦労に終わり、ジュノは、遠くの人混みの中から、いとも簡単に七海の姿を見つけ出していた。

七海は、髪を上げて、白地に藍色《あいいろ》の文様が入った涼しげな浴衣《ゆかた》をまとっている。しばらく見とれてしまい、視線をそらすことが出来なかったジュノ。

浴衣姿の女性は多かったけれど、誰よりも華やかで、七海は特別だった。

ジュノの姿を見つけた七海は、明るい笑顔で控えめに手を振って、きれいな鼻緒の下駄《げた》をカタカタ鳴らしながら、ジュノの元に駆け寄ってきた。

「どう、かな?」

「珍しい。七海が約束よりも早く来た」と言い、わざと浴衣のことには触れない。

明らかに七海の顔はガッカリしている。

そんな彼女の両手をとって言った。

「その浴衣、七海にスゴく似合ってる。本当にキレイだよ」

「ありがとう」一瞬で、七海の表情は輝いていた。

行こうと、ジュノは七海の手を引いて歩き始める。

この浴衣は未春が着付けてくれたのと嬉《うれ》しそうに話す七海。

「未春は私とは違って昔からとても器用なの」

七海の話には、よく未春という名前がでてくる。未春は、高校の頃の同級生で、最も信頼している親友なのだとジュノに話していた。

「でもね、未春が着付けを勉強していたなんて、今まで知らなかったの。会社で毎日、顔を合わせているのにね」

そう話す七海は、少し淋《さび》しげだった。

「今度、紹介するね。未春は料理も上手だから、何か作ってもらおう」そう話す七海の表情はすっかり晴れていて、もう、屋台に夢中になっている。

陽《ひ》が暮れて、辺りは深い藍色に包まれはじめた。

ずらっと並んだ屋台の朱や黄や橙《だいだい》。煌々《こうこう》と輝く電灯に照らされた、色とりどりのかき氷や、ヨーヨーの鮮やかな文様。いろいろな色と形が入り交じり、発光している。

まるでゴッホの絵にありそうな空間の中で、白い浴衣姿の七海は、ひとり際立っていた。

中学生ぐらいの少女が「さあさ、いらっしゃい、いらっしゃい」と、威勢よく呼び声をかける屋台で、ジュノは、焼きとうもろこしを買っていた。

受け取ったジュノの隣に七海がいない。

辺りを見回すと、七海は別の屋台に気を取られていて、どんどん人の波に消えていってしまう。

慌てて追いかけるジュノ。人混みをかき分けて行き、七海を摑《つか》まえたとたん、いきなり抱きしめた。

驚いている七海に、

「迷子になるから、ちゃんと手をつないで」

ジュノは空いている方の手を差し出した。

「迷子になりそうだったのは、ジュノでしょ？」

七海は膨《ふく》れっ面《つら》をしてみせたが、素直に手を握った。

ぷっくり頰《ほお》を膨らませた様子があまりにも可愛《かわい》くて、ジュノはプッと吹き出してしまう。

自分を笑ったジュノを怒ろうとしたものの、七海も、結局つられて笑っていた。

彼女は、本当にくるくると表情を変える。こんなふうに、自分の感情を正直に見せられる人は、いったい、どのくらいいるのだろうか。

とてもチャーミングで愛《いと》おしいと、ジュノは目を細めて、隣を歩く七海の横顔を見つめていた。

その時、「ドーン」という地響きと共に、一発目の花火が上がった。

「わぁ〜！」という観衆の大歓声。

「キレイ！」と言いながら、七海も手を叩いて喜んでいる。

続けざまに、大輪の花火が何発も打ち上げられる。

ジュノが七海の横顔を見ると、無邪気な子供のように、夜空を見上げていた。

もし一緒に暮らしたら、もっともっと、いろいろな七海を見ることが出来るのだろうか。

この手を、ずっと繋《つな》いでいたい。

彼女がどこかへ行ってしまわないように――。

ジュノは、七海の耳元でそっと囁《ささや》いた。

「サランヘヨ」

七海は、「くすぐったいよ」と笑って、ジュノを見つめていた。

☆

夏の終わりが近づくにつれて忙しくなるのは、毎年のこと。

けれど、今年の忙しさは度を越していると、七海は溜息《ためいき》をついていた。

自社オリジナルの新商品発売、新規事業参入に向けた契約提携、そこに会社の決算期が重なって、なかなかジュノと会う時間もとれないほど、とにかく仕事に追われている。

そんな厳しい状態の時に、ジュノから、「韓国に帰省するから遊びに行こう」と誘われても、断るしかなかった。

週休すらままならない七海には、夏休みなどとれる余裕はなかったのだ。

この日は、日本に戻ってきたジュノに、会社の近くまで来てもらって、一緒にお昼を食べることになっていた。

ジュノに会えるのは、二週間ぶり。

九月も半ばだというのに、外はまだ、うだるような暑さだった。

七海が、ジュノとの待ち合わせのレストランに着いた時、ジュノは、すでに、中庭の見える窓際の席に座っていた。

ミーティングが少し長引き、遅刻した七海が、「遅くなって、ごめんなさい」と言っても、ジュノは、なぜだか浮かない表情で、窓の外に目をやっている。

そんな彼の様子は、これまでと違っているような気がした。

向かいに座るジュノの笑顔には、どことなく陰があり、七海は、一抹の不安を憶《おぼ》えた。

その不安を振り払うかのように、七海は、慌ただしく注文をすませる。

「お帰りなさい」と、七海が笑顔で話しても、「ただいま」と言ったきり、黙っているジュノ。

「元気そうね」

「うん……」の一言で、ジュノは、また、口をつぐんでしまう。

韓国のことや家族のことを訊《き》いてみても、短く答えるだけで、ジュノからは、言葉がでてこない。

そろそろかもしれないと、七海は覚悟した。

そろそろ、ジュノが別れを切り出すかもしれないと……。

今までの恋愛もそうだった。

会社の仕事が忙しくなって、相手と過ごす時間がなかなかとれず、別れを切り出されるか、浮気をされる。

けれど、仕方がないことだと、いつも自分自身に言いきかせてきた。プライベートや彼を優先して、仕事を疎《おろそ》かにできない。自分の置かれている立場や年齢を考えると、それがあたり前だと思っていたから、これまでずっと、そうしてやりすごしてきた。

食事を終えたふたりの前に、コーヒーが運ばれてきた。

七海の唇がカップに触れた瞬間、

「話したいことがあるんだ」

と、ジュノが切り出した。

七海は、努めて冷静に「どうかした？」と返したが、本当は、この場から立ち去ってしまいたかった。今すぐ、ここから逃げてしまえば「別れよう」なんて言葉は聞かなくてすむ。

ふいに七海は、ジュノとの関係が永遠に続いてほしいと、切に願っている自分に気づく。

自分がそんなふうになるなんて、今まで想像したこともなかった。ジュノへの想《おも》いが、自分でも気づかないうちに、どうしようもないほど強くなっていたのだ。

もしかして、この想いは、これまでの恋愛とは違うのだろうか……。

ジュノからは、なかなか次の言葉がでてこなかった。

いずれは、別れる日が来るかもしれない。けれど、それは今日じゃなくてもいいはずだ。

「ごめんね、私、そろそろ行かないと」と席を立とうとする七海。

だが、ジュノは、その腕を摑んで、七海をじっと見据えた。

息が詰まりそうだった……。

「七海、一緒に暮らそう」と、ジュノは言った。

まったく予想していない言葉だった。

ジュノのビックリしている顔を見て、自分が涙を流していることに気がついた。安心したのだ。ランチタイムのレストランで泣いてしまうほど。

てっきり別れを切り出されるものだと思っていた七海は、自分の勝手な思い込みが急に可笑《おか》しくなり、思わず笑ってしまう。

ジュノは戸惑った表情で、七海を見つめていた。

「別れようって、言われるのかと思ったの。だからホッとして」と、七海が涙を拭《ふ》き終わらないうちに、ジュノは七海の唇を塞《ふさ》いでいた。

会社の社員が見ているかもしれないと、瞬間思ったが、それでもいいと思えた。そう思えるほど、七海は嬉しさでいっぱいだった。

それから間もなく、七海はジュノの家に引っ越してきた。

不安がないわけではなかった。

一五年以上も一人暮らしをしてきた自分が、誰かと一緒に暮らすなんて大丈夫だろうか、一緒に暮らしてみて、もしうまくいかなかったら……。

リビングのソファで、数字がずらっと並んだ資料に目を通していた七海が、ふと隣に座っているジュノを見ると、彼は、器のデザインを描くのに没頭していた。

ここで一緒に暮らしはじめて、まもなく二カ月が過ぎようとしていたが、ジュノとの生活はうまくいっている。

彼とは、きっと呼吸のタイミングみたいなものが似ているのだろうと、ジュノの横顔を見ながら七海は思っていた。

ふと、彼のジーンズに土汚れがついているのに気がつく。

「あっ、また土がついたまま座ってる」そう指摘されたジュノは、まるで叱《しか》られた子供のように、スケッチブックで顔を隠した。何度注意しても、土がついたままソファに座ってしまう癖は直らないらしい。

七海は、ひとつ伸びをして、そのままジュノの膝《ひざ》のうえに倒れ込んだ。

「教えて。ここは？」ジュノの膝を指す。

「ムルプ」

七海はジュノを見上げて「ここは？」と唇を指差す。

「イプスル」と答えたジュノ。

七海の髪を撫《な》でて「モリッカラク」、七海の耳たぶを包んで「クィップル」、それから「モクトルミ」と言って、七海のうなじをなぞった。

その手を七海の胸に当てて、「シムジャン」と教える。

「シムジャン……心臓？」

「うん。七海の心臓」

そして「七海のペコップ」と、ジュノが、七海のおへその辺りをくすぐる。

七海は足をバタバタさせて笑いながら、ジュノの手を押さえた。

こんなふうに幸せを実感している七海にも、漠然とした不安があった。

ジュノと過ごす幸福な時間が、ある日、突然、無くなるかもしれない。

七海は、そばに飾ってあった、あの器を手にする。

七海が描いた、『ムーミン』の絵の入った花器。

器は、小さな欠けや、ひびも作らずに、白色をおびた、味のある、美しい焼き物に仕上がっていた。

「これを焼くのは、七海と暮らし始めてからにすると決めていたんだ。ふたりで一緒に創《つく》った大切な器を、ふたりで一緒に焼き上げたかったから」

この器が焼き上がったとき、照れくさそうに言っていた、ジュノの言葉を思い出していた。

「七海の仕事が落ち着くまで、待つから大丈夫だよ」と言ってくれた、ジュノの想いが、とにかく嬉しかったのも憶《おぼ》えている。

七海は、その器の感触を確かめた。

たとえこの先、どんな未来が待っていたとしても、少なくとも今は本当に幸せ。

だからこの瞬間を、彼と一緒にしっかりと生きればいいと思えていた。

中庭からに部屋に入り込む風は、僅《わず》かに冬の匂《にお》いを運んでいる。

ジュノは、また、デッサンに夢中になっている。

愛してる――。

七海は、そう言おうとして、言葉を飲み込んだ。

簡単に口にしてしまったら、夢から覚めてしまうような気がしていた。

この幸福な世界が、消えてしまわないように……。

心の中で語りかける。

「ジュノ、大好きよ……。あなたを愛してる」

☆

朝から降り出した雪は、夜になってもやむ気配がなかった。

工房で作業をしていたジュノは、器の形になりかけていた粘土を潰《つぶ》した。なぜだろう、なんだかうまくいかない。

もうじき、久しぶりに会う七海が帰ってくるのが気になっているのか。いや、寒さのせいもあるのだろう。

今日のところは、もうやめておこうと、ジュノは轆轤《ろくろ》の電源を落とした。

七海は、新しい契約を結ぶために、ここしばらく出張に出かけていたのだ。

たった数日間なのに、もうずいぶん長い間、彼女に会っていない気がしていた。

毎日かかさず電話で話もしていたというのに……。

これまで、彼女に会えなかった日々は、いったいどうしていたんだろう。

たった数カ月前のことなのに、不思議で仕方がない。

七海と一緒に暮らしはじめて、よかったと思うことはたくさんあるが、なによりも、彼女のそばにいられるのが嬉しかった。

いつも笑顔の七海が、ひどく切ない表情をみせることがあった。

消えてしまいそうなほど、弱く見えるときの彼女は、辛《つら》かった過去を思い出し、悲しみにくれていた。

それは、彼女が両親を失ってしまった、幼い頃の記憶。

七海の両親は、彼女が、まだ九歳のとき、飛行機事故で亡くなったのだと、以前、話をしてくれたことがあった。

彼女は、父方の祖母に育てられたのだが、その祖母も、七海が大学生になった頃に突然倒れ、亡くなってしまったらしい。

七海には、この世に家族と呼べる人間がひとりもいない。ひとり取り残された淋しさや孤独で押しつぶされそうな七海を、そこから解放してあげたいとジュノは心の底から思っていた。

　七海と過ごす時間が積み重なるにつれ、その想いはますます強くなっている。けれど、彼女はどう想っているのだろう……。

　玄関の方から「ただいま」と、七海の明るい声がした。

「ああ、くたびれた」

　工房に入ってきた彼女の髪やコートには雪がついていて、外では、まだ降り続いていることを物語っていた。

「お帰り」と、ジュノが立つと、七海は倒れ込むように抱きついてきた。咄嗟《とっさ》に、

「あーダメダメダメ」と泥だらけの両手が、彼女につかないよう高くあげると、

「ギュッてして」と、七海。

　仕方なく、両手を宙に上げたまま口だけで「ギューッ」と答えるジュノ。七海は不満そうに、小さくジュノを睨《にら》んだ。少し上目遣いで、唇を尖《とが》らせている。

　その表情に愛おしさがこみ上げてきたジュノは、つい強く抱きしめてしまう。

　七海のコートには、ジュノの腕の跡が土でしっかりとついていた。髪や顔にも泥がついたが、七海は満足そうな笑みを浮かべている。

　ジュノは、七海の身体《からだ》を少し離して、彼女の顔を見つめた。

「七海、愛してる」

「チンシミヤ？（本気？）」

「チンシミジ（本気だ）……愛してる」

「アルゴイッソヨ（知ってる）」と笑顔で応《こた》える七海。

　ジュノは、愛してると言ってくれない淋しさが込み上げてきて、つい、

「……それだけ？」

　と訊いてしまう。

　なぜ言ってくれないのだろう……。

　七海が困惑した表情で目をそらすので、それ以上、何も言えなくなってしまった。

　ふたりが恋人になって半年が過ぎようとしているのに、七海が「愛している」と言葉にしたことは一度もない。

　もちろん、彼女が自分を想ってくれているのは、痛いほど分かっていた。

　だけど――。

　微かな疑念と淋しさが顔を出す。

　もしかしたら、自分が想っているほどには、七海は自分のことを想ってはいないのかもしれない。

　芽生えはじめた不安を摘んでしまいたくて、ジュノは、七海を強く抱きしめて

言った。

「七海、サランヘヨ」

「……アルゴイッソヨ……」

七海は、ジュノの胸に顔を埋《うず》めたまま小さく頷《うなず》いていた。

4

日曜日の昼。

テレビの天気予報では、今年の梅雨《つゆ》は例年よりも早く、週明けには梅雨明け宣言が出るでしょうと言っている。

もうじき、ジュノと出逢《であ》った季節が巡ってくる。

今年の誕生日がくれば、いよいよ、亡くなった母の年齢《とし》を追い越してゆく。この先も、こんなふうに年をとっていくのだろうか。

仕事をして、たまに、未春と昔話をしながらお酒を飲んで。そうして、おばあちゃんになったとき、そのときジュノは、自分の隣に一緒にいるのだろうか——。

リビングのソファで会社の資料を見ていた七海は、ふっと小さく溜息《ためいき》をついた。

ずっと先の、未来の自分を想像するようになるなんて……。

もうすぐ夏だから風鈴を出そうかなんて、去年の自分なら考えもしなかった。ジュノが、律儀なほど、季節の行事を大切にするからだ。すっかり彼に影響されていると、七海は小さく笑った。

彼と一緒に過ごしたこの一年は、季節の移ろいを感じながら、幼い頃のような、ゆっくりとしたスピードだったような気がしていた。

今年の夏は、ジュノの故郷に行ってみたいと言ったら彼は驚くだろうか。そう思ってジュノの姿を探すと、まだ、中庭へ出たままのようだ。

窯《かま》の様子を見に行ってから、もうずいぶんと時間が経っている。

空は、よく晴れ渡っていた。

裏庭に出た途端、湿度を帯びた重い空気が七海にまとわりつく。

ジュノは、窯の前に座っていた。

息苦しい蒸し暑さの中、じっと炎を見つめている彼の瞳《ひとみ》は、炎ではない何かを、睨《にら》みつけているようだった。

窯の前の温度は、さらに高い。

「ここに置くね」

七海は、アイスコーヒーの入ったカップを、窯のそばにある台の上へ置いた。

ジュノは笑顔を見せないまま、「ありがとう」と言って、黙ってしまった。

七海は、ジュノの隣に並んで、静かに腰を下ろした。

最近のジュノは、ちょっと苛立《いらだ》っている。なんとなく分かってはいたが、ここのところ仕事に追われ過ぎて、ジュノと向き合う時間がとれずにいたのだ。

作品創《づく》りが、うまくいっていないのだろうか。

それとも——。

ふいに、あの時の感情がよみがえる。

同棲《どうせい》に踏み切る前に覚悟した、別れの予感。

それを否定してほしくて、七海は、わざと明るい口調で言った。

「なんだか静かね。どうしたの？」

長い沈黙のあとで、ジュノはつぶやくように言った。

「……どうして一度も言わないの？」

「え？」また、沈黙があったあと、ふいにジュノは、「愛してる」と、七海を見つめて言った。

その、あまりに真剣な眼差《まなざ》しに、小さく動揺した七海は、笑顔を作って、

「アルゴイッソヨ（知ってる）」

とだけ応《こた》えた。

「いつもそれだ。アルゴイッソヨ、アルゴイッソヨ」

そう韓国語でつぶやいたジュノの声は、ひどく切なげだった。

「……心の中では、いつも思ってるの……いつも」そう言った七海に、ジュノは

「言葉にしないのは、思ってないのと同じ」と返した。

「……そんなこと、ない……」七海はジュノを見つめている。

けれど、彼は視線をそらしてしまう。

そして、その瞳には、悲しみの色が滲《にじ》んでいた。

本当に、ジュノを愛している。

その言葉を口にするのをためらってしまい、結局、ずっと言えずにいたのは不安だから。こんなにも幸福な時が続いたことはないから……。今の幸せを、ジュノを失ってしまうのが、どうしようもなく恐い。

だって、永遠なんてもの、この世には絶対存在しない。幸福は、あるとき突然、弾《はじ》けてしまう。

父と母のように、何の前触れもなく、いきなり消えてしまうから。

その恐さを知っているからこそ、七海は、自らラインを引いて、それを越えないよう自分の気持ちを押し殺してきた。

ジュノにも、忙しいと言い訳をして、彼が自分に向けてくれる、無償の愛やまっすぐな気持ちにさえ、向き合えず避けてきた。

ジュノへの想《おも》いが大きくなればなるほど、いつ、彼を失っても大丈夫なように、知らず知らずのうちに壁を作っていたのだろう……。

でも、ジュノを失いたくない。

「……正直に言うね。いくつか恋はしたけど、こんな気持ちになったことないから……なんだか恐くて、つい、自分にブレーキかけたくなるんだよね。言葉にしたら、この幸せが逃げていきそうで……」

ジュノは、しばらく黙ったままだった。

「七海」

ふいに名前を呼ばれた七海がジュノを見ると、彼は、まっすぐ七海を見て言った。

「結婚しよう」

あまりにもストレートで唐突すぎる、ジュノのプロポーズの言葉に、戸惑いを隠せない七海。それでも、身体《からだ》の奥から嬉《うれ》しさと熱いものがこみ上げてくるのを感じていた。

照れ隠しもあったのか、口をついて出た言葉は、

「あ、でも、もうすぐ決算があって。バタバタしてるし、みんなも忙しいし」

「僕は七海の会社と結婚するんじゃない」

「……ごめん」

言い訳が次々と浮かんできたが言えなかった。

「また自分でブレーキかけてるよね」

七海をじっと見つめたジュノは、

「もう恐がらないで。この幸せは、どこにも逃げない。七海の幸せは、僕が守る」

声にならなかった……。

胸がいっぱいで、言葉がみつからない。このジュノの言葉を一生信じてついていける。そう思い、頷《うなず》くのが精一杯だった。

そんな七海を見て、ジュノの表情がパッと輝く。

「よし！　今から結婚式だ」

「え!?」

ジュノは、七海の手を引いて、走り出していた。

緑の木々に囲まれた、林の中の一本道。

車のハンドルを握るジュノの表情は明るい。

まるで、プレゼントをもらった少年が、開けるのを待ちきれないときのように瞳を輝かせて、笑っている。

助手席にいる七海まで、思わず微笑《ほほえ》んでしまうほどだった。

しばらく走ると、細い道の左右に高く生い茂っていた木々がひらけた。小さな広場に出ると、花と緑に囲まれた、レンガ造りで雰囲気のある古いチャペルが建っていた。

中に入ると、それほど大きくないチャペルの中は明るく天井も高く、外の暑さを忘れるくらい、ひんやりとした空気が流れていた。

誰の姿もなく、独特の静寂が満ちている。

ステンドグラスの窓から差し込んだ色とりどりの鮮やかな光は、まるで、ふたりを祝福するかのように、赤い絨毯《じゅうたん》を照らしていた。

そして、手をとり合ったふたりは、ゆっくりとバージンロードを進み、祭壇の前で向き合った。

七海の両手をとったジュノは韓国語で、

「汝《なんじ》、キム・ジュノは、その健やかなるときも、病めるときも、喜びのときも、悲しみのときも、これを愛し、その命ある限り、真心を尽くすことを誓いますか？」

まるで神父のような、低くて太い声色だ。

それから、自分の声に戻して、

「誓います」

と言った。

その一人芝居が可笑《おか》しくて、七海は思わず笑ってしまう。

ジュノがまた、神父風の声色で言う。

「汝、星野七海は、キム・ジュノを、命ある限り、愛することを誓いますか?」

七海はまっすぐジュノの目を見て、

「誓います」

とはっきり答えた。

「チンシミヤ?（本気?）」

「チンシミジ（本気よ）」

ジュノの幸せそうな屈託ない笑顔。

目をきゅっと細めて、顔をくしゃっとさせて。

七海にも、自然と笑顔がこぼれていた。そして、今度は、七海が神父を真似《まね》て言う。

「では、指輪の交換を」

予想外のことを言われたジュノは、慌てて全身を探っている。その慌てぶりが、可笑しくて可愛《かわい》くて、七海は笑ってしまう。

ポケットを探ったとき「カチャッ」と小さな音がした。キーホルダーだった。

ポケットから鍵《かぎ》を取り出すと、器用にキーリングをひとつだけ取り外した。

そしてジュノは、七海の左手をとると、薬指にそのキーリングをはめる。

薬指を見つめた七海は、それが、ただのキーリングでも、この上ない幸福で、満たされているのを感じていた。

自分で言い出したけど、ジュノの指輪はどうしよう……。七海は、持っていた小さな花のブーケから一本を取りだし、指輪を作った。

チャペルの外に咲いていた、名前も知らない野花。

何が出来るのかと、嬉しそうに待っているジュノ。

そして小さな花がついた手作りの指輪を、七海はジュノの左手の薬指にはめた。

ジュノは、七海が作ってくれたその指輪を、愛《いと》おしそうに眺めてからキスをした。

そして、再び、七海の両肩を抱き、じっと見つめる。

七海も、まっすぐにジュノを見つめている。

ふたりは、長い長い、誓いのキスをした。

「知ってると思うけど、愛してる」

「アルゴイッソヨ（知ってるわ）」七海は、いつものように返した。

ジュノは、優しく微笑んで、七海を強く抱きしめる。

愛する想いが伝わるように、強く、しっかりと。

その想いは、七海も同じだった。

ジュノの愛を全身で感じながら、七海も、心から神に誓っていた。

「一生涯、彼を愛し続けます」と。

もう二度と、彼との未来を恐れない。

「ジュノ、愛してる――」

七海は、心の中で、そうつぶやいていた。


「まさか、七海に先を越されるなんて思ってもみなかったわよ」

社長室の会議テーブルにもたれかかった未春は、そう言って苦笑いをしていた。

「まだ自分でも信じられない。本当に結婚したのって感じ」と、七海は、社長室で椅子《いす》をクルクルと回転させながら、しみじみ言っている。

チャペルで、ふたりだけの結婚式のあと、ジュノの家族には電話で報告をした。たどたどしい韓国語だが、なんとか七海は挨拶《あいさつ》の言葉を伝えた。ちゃんと挨拶にもこないで、無礼だと怒られるのを覚悟していたが、予想に反して、ずいぶんと喜んでくれている様子だった。

ジュノは、七海と結婚するつもりだと、ずいぶん前から家族に話していたらしい。いつになったら良い報告が聞けるのかと皆で心配していたと、ジュノのお母さんは、電話の向こうで朗らかに笑っていた。

それを聞いた七海は、本当に胸が熱くなった。

ジュノが、ずうっと以前から自分を想っていてくれたことも、彼の家族が賛成してくれたことも。そして、自分に家族ができたことが、何よりも嬉しかった。

今年の夏は、お義母《かあ》さんへ会いに韓国へ行くと、早速、親子の約束をした。

それから、国際結婚に必要ないろいろな手続きをすませて、ふたりは晴れて「正式に」夫婦になった。

七海は、ジュノの妻になったのだ。

けれど、結婚で、何かが大きく変わったわけではなかった。

ジュノは、コンクールに向けた作品創りに熱中しているし、七海の仕事も、相変わらず忙しい。

「七海のことだから、薬指を見る度に、結婚したこと思い出すんじゃないの？」

未春は笑って言った。

図星だ。エンゲージリングを肌身離さず身につけるのは、結婚したことを忘れないためなのかもと、指輪の交換を考えた人のアイディアに感心すらしている。

七海は左手薬指につけている、ほんのちょっとだけ大きいキーリングを、親指でなぞっていた。

そのうち、結婚したという実感は湧《わ》いてくるものなのだろうか……。

「仕事のほうも頼みますよ、社長」

「はーい」と答えて、七海はデスクのパソコン画面に向き直った。

今日は、今月分の支払申請の承認をする日だ。『決済承認システム』のログイン画面を立ち上げ、いつものように処理を始める。

この会社では、オンラインシステムを通じて、社員たちが各企業への支払の申請をするシステムを採っているのだ。

不正防止と経理を自分で把握するために、支払金額が一億円を超える案件に関しては、社長である七海が承認しないと処理されないようになっていた。

七海は、バッグから小さな緑色の手帳を取り出して、そこにメモした一五桁《けた》のランダムな英数字をパスワード欄に打ち込んでゆく。

ログイン成功の表示が出て、申請中の案件リストがずらっと画面に並ぶ。その案件内容と金額を、ひとつひとつ確認し、承認していく。

——東洋セントラル商事？　聞き憶《おぼ》えのない会社名に何か引っかかるものを感じた七海が、詳細画面を開くと、取引額は「三億円」とある。

これほどの高額取引なら、憶えているはずなのに……。

「どうしたの？」未春が怪訝《けげん》な表情をして聞いてきた。

「この『東洋セントラル商事』って会社なんだけど、ウチ取引してたっけ？」

「どれ？」と、未春は七海の後ろからパソコンをのぞき込んだ。

「しかもかなりの額なのよ」と画面の三億円の金額を指で差す七海。

「……じゃあ、私が調べておくよ」と、未春。

「調べる間、取引ちょっと止めとくね」七海は、承認画面の『取引停止』を選択して、『決済承認システム』のログオフをクリックした。

視線を感じた七海が振り向くと、未春が七海の手元に開かれた、緑の手帳を、じっと見つめている。

「あっ」

パスワードが憶えられなくてメモしているのがバレてしまった。

七海は、バツが悪い思いで、

「あ、最近忘れっぽくて」

と咄嗟《とっさ》に言い訳をした。

「幸せボケ？」と、未春は笑っている。

「今年の誕生日は、家で彼にお祝いしてもらうんでしょ？」

そう、今日は七海の誕生日であり、一年前、ジュノと出逢った記念の日。

七海は、なんとなく照れくさくなって「うん」と小さく答えた。

「はい、これ。私からのプレゼント。ジュノさんと飲んで」

さっと、プレゼントを差し出した未春。

透明なラッピングに包まれた、食後酒のボトルだ。

「ありがとう」

一年前、酔っぱらって後悔したことも、今では良かったと思っている。あの日、あの公園で、車を降りて噴水の縁を歩いていなかったら、ジュノとは、出逢っていなかったのだから。

そして、彼の車で眠ってしまって、次の日の朝、失礼なカンチガイをしていなかったら、今頃は、きっと別々の人生を生きていたに違いない。

今夜は、ジュノが手料理をふるまうと、はりきっていたから早く帰ろう。

美味《おい》しいワカメスープも作るよと言っていた。

なぜワカメスープなの？と聞くと、韓国では、誕生日などのお祝い事の定番なのだと、ジュノが教えてくれた。

出産後の回復食として、ワカメスープを食べることに関連しているらしい。

「七海と僕が出逢えたのは、七海のお母さんが、大変な思いをして、七海を産んでくれたから。だから、ワカメスープを食べて、その大変さを思い出して、産んでくれたことに感謝するんだ」

ジュノの話を聞いて、七海は感動していた。

自分の誕生日は、自分を産んでくれた母に感謝する日。

そう考えると、これまでは、何の気なしに過ごしてきた自分の誕生日が、とても特別で、大切な日に思えたのだ。

今日は絶対に早く帰りたい。

「さ、急いで片付けちゃお」

七海は気合いを入れて書類を手に取っていた。

☆

病院の小児病棟。

遠くから『夕焼け小焼け』のチャイムが聞えてくる。

子供たちと一緒に紙粘土に没頭していたジュノが時計を見ると、針は一七時をさしていた。

子供たちは、まだ粘土に夢中で『サバンナの箱庭』に置く動物を作っている。

熱中している子供たちに悪いと思いつつ、ジュノは、「ポンッ」とひとつ手を叩《たた》いた。

「今日はここまで」

「えーっ」と、子供たちからは、次々と不満の声があがっている。

ジュノが、急いで帰り支度をしていると、Tシャツの裾《すそ》を男の子がつかんだ。

「お兄ちゃん、もう帰っちゃうの？」

「今日は、お兄ちゃんの奥さんのお誕生日なんだって」

そこにいた看護師が、悪戯《いたずら》っぽい口調で皆に教えた。

それを聞いた子供たちは一斉に「えーっ！」と、盛り上がってはしゃいでいる。

ジュノは照れ笑いをして、

「また来るから！　じゃあね、バイバイ！」

と手を振って教室を出た。

「お兄ちゃんバイバーイ、また来てね～」という子供たちの言葉に送り出されて、病院を後にする。

今朝の七海は、「今日は絶対に一九時までには会社を出てくる」と言っていた。

まだ時間はある。

そうだ、ケーキを焼いて驚かせよう。

ロウソクが三六本立てられるくらい、大きなケーキがいい。

お祝いのワカメスープも作らなくては。

ジュノの足取りは、いつの間にかスピードをあげていた。


キッチンに立つジュノは、料理本を広げてケーキ作りに挑戦していた。小麦粉をボウルに入れようとしたところ、いつも陶芸用の土を扱う要領で出してしまい、勢いがよすぎて辺りが真っ白になった。

七海には、自分の方が料理が出来ると言っていたが、実はあまり得意ではない。どうやら料理には、陶芸とは違う能力が必要らしい。

念のために、プロの作ったケーキは買ってはある。

けれどやっぱり、自分が手作りした誕生日ケーキを見て、驚き喜ぶ七海の顔が見てみたかった。

帰ってきたときに、何も用意をしていないふりをしてみようかな。ジュノは、イタズラを思いついた子供のように楽しんでいる。

彼女の、あからさまにガッカリする顔が見たい気もする。眉《まゆ》を「ハ」の字にして、唇をとがらせる、彼女のあの仕草が好きだから。

今日は、愛する七海がこの世に生を享《う》けた大切な日。そしてこの日は、僕たちが出逢った大切な記念日にもなっていた。だからこそ、今日も、一年前と同じ、思い出に残る日にしよう。

また、あの公園へ行って噴水の縁を一緒に歩き、びしょ濡《ぬ》れになるのも良いかもしれない。

ジュノが、いろんな事を考えながらケーキのスポンジに生クリームを塗り終えたとき、電話が鳴った。

「今、会社を出たんだけど。ちょっと渋滞してて、少し遅くなっちゃいそうなの」

電話の向こうの七海は、もどかしい焦ったような声だった。

「料理はどこにも逃げないから、急がなくて大丈夫だよ」ジュノが笑うと、電話の向こうで七海は「ごめんね」と言って電話を切った。

ケーキのことは内緒にしたままだ。

お祝いだから、せめてジャケットぐらい着て、七海を出迎えよう。そう思ったジュノは、クローゼットを開いていた。

☆

「急がなくて大丈夫だよ」と言ってくれたけれど、七海は、一秒でも早くジュノ

に会いたかった。

七海を乗せた車が、ようやく長い工事渋滞を抜けた。次の角を曲がれば踏切が見えて、ジュノが待つ家はすぐそこだ。

七海は見ていた緑の手帳をポケットにしまって、未春からのプレゼントとバッグを手に持った。

歩いた方が早いと思った七海は「ここでいいわ」と車を停《と》める。

「社長、お誕生日おめでとうございます」

ドアを開けた運転手は、そう言って七海を見送った。

「ありがとう。お疲れさま」

車を降りた七海は、川沿いの道を足早に歩き出した。

まだそれほど遅くない時間だというのに、辺りはすでに暗くなっている。この辺りの閑静な住宅街は、陽《ひ》が落ちると、急にひと気がなくなって淋《さび》しい。

足早に歩くリズムに合わせて、小気味良いヒールの音が辺りに響いていた。

ふいに、背後からバイクの音が聞こえて、七海は、自然と道の脇《わき》へ避《よ》けていた。

そのバイクが、七海を追いこそうとした、そのとき、いきなり、強い力で七海のバッグが摑《つか》まれた。

ひったくりだ!!

かなりの力で引っぱられて、体勢を崩した七海。

「ガシャーン」とガラスの割れる高い音が響いた。

すべてが一瞬のことで、何が起こったのか分からなかった。

目の前に広がる景色は、スローモーションのように流れていくのに、身体は、まったくいうことをきかない。

倒れる！　と思った、次の瞬間には、道路に打ちつけられた激しい衝撃が、全身に走っていた。

キ――――ッと、甲高《かんだか》い急ブレーキ音を響かせて、少し先にバイクが停まった。

足音が近づいてくる。

「痛ったー！」と、目を開けた七海。

目の前には、フルフェイスのヘルメットを被《かぶ》った男がいた。

シールドを上げて、倒れている七海の様子を窺《うかが》っている男の眼《め》は鋭く、鼻から頬《ほお》にかけて古い傷痕《きずあと》があった。

七海は、咄嗟に起き上がり、目の前に立っている男に怒りをぶつけた。

「何すんのよ！　鞄《かばん》、返して！」

けれど、男は、七海を無視してバイクの方へと戻って行く。

「待ちなさいよ！」

懸命に男を追ったが、結局、逃げられてしまった。

バイクが去った方向を見ながら、呆然《ぼうぜん》と立ち尽くしていると、そこに突然、

「七海！」

と叫ぶ、ジュノの声が聞こえてきた。

振り返ると、ジュノが走ってくるのが見える。

「ジュノ！」

咄嗟に駆け寄ろうとしたが、彼の様子がなんだかおかしい。

血相を変えて、道に倒れている人に駆け寄るジュノ。

誰かが倒れていたなんて全然気がつかなかった。

「え……？」

ジュノが必死に抱き起こしている、その人を見た七海は、愕然《がくぜん》とした。

自分と同じ顔をしている……。

倒れているその人は、明らかに意識がなく、頭からは大量の血が流れている。

「七海!!　しっかりしろ七海!!」

何度も何度も「七海！」と叫ぶジュノの声が、暗い住宅街に響いた。

ジュノが激しく揺すっても、腕の中の「七海」は、動く気配がない。

「……ウソ」

どうしてジュノが、腕の中の人を「七海」と呼んでいるの？

七海には、理解ができなかった。

だって自分は、こうしてここに、立っているのに――。

「しっかりしろ！　誰か、救急車!!　救急車を呼んでください」

ひどく取り乱したジュノは、大声で叫んでいた。

七海は、自分がここにいることを伝えようと、ジュノの肩に手を伸ばした。けれど、七海の手が、ジュノの身体に触れた瞬間、その手は、空を切るように、彼の身体をすり抜けてしまう。

思わず、息をのむ七海。

なぜ、自分の手がジュノの身体をすり抜けてしまうの？

混乱した七海は、わけが分からずに、自分の手とジュノとを交互に見ていた。

ジュノは、七海がそばに立っていることには、まったく気づいていない。

「救急車を呼んでください!!　救急車を!!」

野次馬で集まって来た人たちに向かって叫んでいる。

「もしかして、私が……死んでしまったの……？」

そんなことは、信じられるはずもなく、信じたくもなかった。

ちょっと待って、私にはやらなくてはいけないことが山積みだし、まだまだやりたいことだっていっぱいある。

ジュノの実家に行く約束だってあるし。

今年のクリスマスも、あの教会でオルガンを聴こうって約束もしている。昔、住んでいた街にジュノを連れて行く約束だって、まだ果たせていない……。


絶対に信じたくない。

自分が死んでしまったなんて、絶対に。

もっとジュノに抱きしめられたいし、彼をもっと抱きしめたい。

それに、まだ、ジュノに伝えていない、大切なことがある。

一番伝えたいこと――。

ふいに眩《まぶ》しい光を感じて、七海は空を見上げた。

頭上には、目がくらみそうなほどの、まばゆい光の海が広がっている。

神々《こうごう》しいという言葉そのままの、美しい光のオーロラが七海に降り注いでいた。

その、不思議と穏やかで、安らぐ光に、一瞬で心を奪われた七海。

温《ぬく》もりを感じる光の方向へ吸い込まれるように、自然と足が向かった。

その瞬間。

「七海!! しっかりしろ!!」

ジュノの悲痛な叫び声が聞こえ、我にかえった七海が振り返ると、ジュノは、腕の中の七海を抱きしめながら、ひどく怯《おび》えて、悲しみに顔を歪《ゆが》ませていた。

「ジュノ、いったい私は、どうしたらいいの……」

「七海!」ジュノがまた、自分の名前を叫んでいる。

七海は、眩しい光に背を向けて、ジュノの方へと歩き出した。

その瞬間、光の海は、空高く闇《やみ》の中に吸い込まれるように消え去ってしまった。

再び、辺り一面が元の暗闇へ包まれた。

なんともいえない恐怖感に襲われた七海。なにか取り返しのつかない、大きな間違いを犯してしまったのだろうか……。

ジュノは、「七海!! 七海!!」と叫び続けている。

七海は、襲ってきた恐怖を振り払うかのように、ジュノのそばへと駆け寄った。

けれど、彼に触れることができない……。

遠くから救急車のサイレンが聞こえてくる。

どうすればいいの。

これからどうなってしまうの――。

不安に押しつぶされそうな七海は、自分が隣にいることも伝えられずに、絶望的な気分で、ジュノの傍《かたわ》らに寄り添うしかなかった。

5

なぜ、こんなことになってしまったの。

どうして私が――。

病院の緊急処置室のベッドに横たえられた自分の身体《からだ》を見つめて、七海は途方に暮れていた。

放心状態で、ベッドの上の七海をじっと見つめているジュノを、医師が、病室の外へとうながした。

廊下で待っていた警察官が、事故の事情を聴くために、彼を別の部屋に連れて行くようだった。

その時、『おばちゃん』と、子供の声が聞こえた。見ると、そこには、パジャマ姿の少女が立っている。少女は、興味津々という表情で、七海の正面に立つと、

『おばちゃん、新入りだね』と言った。

『え、私?』と聞く七海に、コクリと頷《うなず》く少女。

少女には、自分の姿が見えているらしい。それに、声も聞こえているようだ。今まで、ジュノも医者も看護師も、誰も、自分がここにいることなんて気づいてくれなかったのに……。

七海は、混乱していた。

『あなた、誰？』

『あたし？　ゴーストだよ』

『ゴースト？』

『知らないの？　幽霊のことだよ。おばちゃんも、新入りのゴーストだね』

『おばちゃんじゃなくて、お姉ちゃん』

七海は、つい訂正したが「ゴースト」だと言う少女は、聞いていないようだ。

もしかして、この子は、ゴーストだから私のことが見えるの？

ふいに少女は、七海が寝かせられているベッドを仕切るカーテンに頭を入れた。カーテンは閉じられているのに、少女の肩から上が、消えてしまっている。

『頭、打ったんだね』少女がベッドの上にいる七海を見て言った。

どうやらカーテンをすり抜けて、七海の亡骸《なきがら》を見たらしい。その少女の不思議な行動を目にした七海は、ただただ驚くしかなかった。

『……どうやってやるの、それ？』

七海が驚くのを見て、得意気になった少女が、

『こんなの簡単だよ、他にもこんなことや』

と、指で蛍光灯を差すと、点《つ》いていた蛍光灯が、突然、パチパチと点滅し始めた。

『こんなこともできるよ』

と、少女は、治療器具の載ったステンレス製のワゴンを、トンッと手で押した。

するとワゴンは、通りかかった看護師の前を、ガラガラと音を立てながら、いきなり横切り、壁にぶつかって止まる。

周囲を見回し、ひとりでに動いたワゴンを、怪訝《けげん》な顔で見る看護師。

七海や、その隣でクスクス笑っている少女には、まったく気がついていない。

物に触れられるんだ――。

七海は、近くにあったワゴンに触れてみた。

だが、その手は、スッとワゴンをすり抜けてしまう。

そのとき、「ピ――ッ」と、甲高《かんだか》い機械音が処置室に鳴り響いた。

隣のベッドで、救急処置を受けていた患者のバイタルサインモニタがゼロ数値になったのだ。

医師や看護師たちが慌ただしく集まってきて、ベッドの中年男に電気ショック

を試みるも、効果はないようだった。

その、横たわった男の頭上に、突然、美しい光が現れた。

七海が事故に遭った時、路上で見た、あの神々《こうごう》しい光のオーロラだった。

光は、男の頭上にだけ、降り注いでいる。

眩《まぶ》しい光を見た少女は、微笑《ほほえ》んだ。

『良かったね。あのおじちゃん、天国に行けるよ』

男の身体から「魂」のようなものが浮き上がり、光の中へと吸い込まれていく。

それと同時に、光の渦は一瞬で消え去り、病室は何ごともなかったように、元の状態に戻っていた。

あの光は、天国への入口ということなのだろうか……。

『あ、いつものお兄ちゃんだ』

少女は喜びの声をあげながら廊下へ出て行った。

見ると、事情聴取を終えたジュノだった。

『ジュノ！』

彼の胸に飛び込もうとした七海の身体を、ジュノは、何ごともなくすり抜けて、すれ違ってしまった。

次の瞬間、七海は病院の廊下に、ひとりポツンと、立ちつくしていた。振り返ると、何も感じず、歩き去って行く、ジュノの背中がみえる。自分は今、ジュノの身体をすり抜けてしまったのだと、実感した七海。

その衝撃は、脱力感と絶望になり、七海を襲っていた。

ジュノは、ベッドに横たわった七海の枕元《まくらもと》に座っていた。立ち上がると、七海の顔を何度もさすりながら、

「……七海、目を覚まして……七海」

消え入りそうな声でつぶやいたジュノの目からは、大粒の涙が溢《あふ》れていた。

今まで見たことがない、ジュノの悲しい顔を目の当たりにした七海は、必死に呼びかける。

『ジュノ、私は、ここよ！』

『ねえジュノ、私はここにいるの！』

届かない、七海の声……。

ジュノに触れようとしても、七海の手は、虚《むな》しくすり抜けてしまう。

穏やかに眠る七海の顔には、ジュノの涙が、いくつも流れ落ちていく。

ジュノの涙で濡《ぬ》れた、七海の顔は、まるで一緒に泣いているようだった。

『……ジュノ』

もうあなたに、触れることも……抱きしめることもできないの……。

七海は、なす術《すべ》もなく、ただ呆然《ぼうぜん》と、ジュノの横に立ちすくんでいた——。

☆

いったいどのくらいの時間が過ぎたのだろうか。

あの日、七海の誕生日のあの時から、時間が止まっているようだと、ジュノはぼんやり想っていた。

事故現場になった橋には、まだ、警察の現場検証の白い跡が残っている。

ジュノは、七海の倒れていた場所に、彼女が好きだった花を一輪、捧《ささ》げた。

また、悲しみがこみ上げてくる。

いきなり心臓をえぐりとられたような、たとえようのない痛み。

あの日以来、ジュノは、悲しみの感情しかもてないようになっていた。そして、いつ体調を崩してもおかしくないほど不摂生な生活。

陶芸家として、作品を創《つく》りたいという意欲さえも失《う》せていた。

突然、七海を失った現実を受け入ることができないジュノ。

「今の幸せを、ジュノを失ってしまうのが、どうしようもなく恐い。だって、永遠なんてもの、この世には絶対存在しない。幸福は、あるとき突然、弾《はじ》けてしまう。父と母のように、何の前触れもなく、いきなり消えてしまうから」

七海の言葉を思い出し、ふと、今の自分に重ね合わせていた。

こんなにも辛《つら》かったなんて……。

知らなかったとはいえ、「愛してる」と、言ってくれない七海を責めたことを、深く後悔していた。

今しがた逃げ出して来たばかりの七海の葬儀を思い出して、ジュノは、自分の弱さに嫌気がさしていた。

笑っている七海の遺影が飾られた大きな祭壇には、立派な素晴らしい花がたくさん飾られていた。

「社長だっていってもたいした規模の会社じゃないし、自分たちの好きなものを売っている趣味みたいな会社なの」と話していた七海。

それは、ジュノの想像をはるかに超えていた。

参列者は、いったい何百人いたのだろう。七海にお世話になったと言う人々が、次々とジュノへ挨拶《あいさつ》にくる。仕事をしていた時の七海の話を聞くと、自分が知っている彼女とは、まったく別人のようだった。

ふと気配を感じて振り向くと、困惑した表情で未春が立っている。

ジュノは、黙ったまま深く頭を下げた。

七海が亡くなってから、様々な煩わしい手続きを済ませてくれたのは彼女だった。公的な書類の手続きから、会社のこと、そして葬儀の手配まで――。

本来なら、夫がやらなくてはいけないことだったが、あのときの自分には到底出来なかったと、未春には、本当に感謝していた。

七海が死んだことなど認めたくなかったし、受け入れたくもなかった。

――本当に、七海は死んでしまったのだろうか。

まだ、どこかにいる気がする……。

すぐ、近くに……。

「七海には家族がいないから、ジュノさんのお母さんに会いたいって……韓国へ行くの、楽しみにしてたの……それなのに……」

未春は声を震わせた。

目から涙を溢れさせて、顔を隠すようにジュノの肩にもたれかかった。

ジュノは、肩を貸したまま、じっとしている。

しばらくして落ち着きを取り戻したのか、未春は身体を起こして、

「ごめんなさい」

と涙を拭《ふ》いた。

ジュノは首を横に振った。

未春は、名刺を取り出して何かを書き込むと、それを差し出した。

「なにか力になれることがあれば……」

そこには、手書きで携帯番号が書かれていた。

「仕事で少し韓国語の勉強をしてたの……」未春の韓国語は、七海よりも、少し流暢《りゆうちよう》に聞こえた。

けれど、七海の、あの妙にクセのある発音が懐かしい。また、七海のことを思い出したジュノは、いたたまれない気持ちになっていた。

「……失礼します」

ジュノは頭を下げて、未春から離れていった。


どのくらい歩いたか分からないほど、ジュノはひとりで街中を彷徨《さまよ》っていた。この街のどこかで、七海を見つけられるかもしれない。きっと、彼女は迷子になっているだけなのだから……。

そう信じて、街中を探しまわっていた。

ずいぶん歩いたジュノは、いつの間にか公園に辿《たど》りついていた。

七海と出逢《であ》った、思い出の公園。

いつの間にか陽《ひ》は暮れて、美しくライトアップされた噴水は、あの日を思い出させるように、空高く水を噴き上げていた。

七海がいない……。

残酷な現実が、ジュノに突き刺さる。

七海は、もういないんだ――。

☆

ジュノが、あてもなく街中を彷徨っていたとき、七海は、ずっとジュノの隣に寄り添って歩いていた。

あの事故の日以来、自分の葬儀でも公園でも、かたときも彼のそばを離れなかったのだ。

日が暮れてから、ようやくジュノは、家に帰り着いた。

ソファに座ったジュノは、サイドテーブルに飾ってある花器を手に取った。

ふたりが結ばれた日に、一緒に創った大切な作品。

七海が存在していたことを確かめるように、彼女が描いた『ムーミン』の上を、愛《いと》おしそうに指でなぞっている。

そうしているうちに、七海との思い出が次々とよみがえり、ジュノの目から涙がこぼれ落ちた。

「……七海……僕が守るって約束したのに……」

ずっとこらえていたのか、身体が震えていた。そして、堰《せき》を切って、溢れ出したように激しく泣き続けるジュノ。

隣では、顔を覆いながら七海も号泣していた。傍《かたわ》らに寄り添って、ジュノの手に自分の手を重ねた七海。

触れられないと、分かっているけれど、そうせずにはいられなかった。

たとえジュノが、自分の存在に気づかなかくても……。


深夜、玄関のチャイムが鳴った。

間をおかず、まるで催促するように、チャイムは何度も鳴らされる。

ドアの外には、二人の男が立っていた。

中年の男は、警察手帳を見せて、「阿部」と名乗った。それから、隣の若い男を「高田」と紹介した。

「この度は、ご愁傷様《しゅうしょうさま》でした」

ソファに座るなり、阿部は形式張った口調で、ジュノに言った。

七海は、ジュノの隣に座っている。

無言のジュノ。

高田が、テーブルの上にビニール袋を差し出すと、阿部が言った。

「こちらが警察でお預かりしていた、奥さんの遺留品になります」

透明な袋の中には、事故当時、七海が身につけていた時計やアクセサリー、そして、緑の手帳が入っていた。

結婚指輪にしていた、あのキーリングも入っている。

ジュノは、ビニール袋を手に取り、慈しむように両手で包んだ。

「……犯人は……」

「まだ、捜査は始まったばかりでして……」

阿部は含みのある言い方をした。

ジュノが黙っていると、高田が口を開いた。

「キム・ジュノさん、奥さんとご結婚なさったのは、ひと月前ですよね？」

「はい」

「陶芸家と伺いましたが、食べていけるんですか？」

トゲのある高田の言い方に、七海はムッとしていた。

ジュノも何かを感じのか、きつい目を高田に向けた。

「亡くなった奥さんの資産総額、二〇億だそうですね」

阿部の言葉を聞いて、ジュノは目を見開いた。

『そんなに？』

自分のことながら、その金額には、七海も驚く。

高田は、あからさまに疑った口調で、ジュノに話し続ける。

「それから、他に保険なんかも相当額あるようなんですよ。受取人はもちろん、ご主人なんですけどね」

「ご存知でしたか？」

「……僕が殺したと⁉」

「そうなんですか？」

阿部が促したのを聞いて、七海は思わず、『違うわよ！』と叫んでいた。

ジュノは、怒りに満ちた目で阿部を睨《にら》んでいる。

『殺された私が違うって言ってるのに！』

七海は大声で訴えたが、阿部も高田も、七海に気づくはずもなく、ジュノをまじまじと観察している。

自分の声が届かないのが、本当にもどかしくてしかたがなかった。

ジュノと阿部が、しばらく睨み合った後、ふっと表情を緩めた。

「いや、申し訳ありません。一応、形式上お尋ねしているだけでして。ただね、殺人事件の動機は、大抵、金か怨恨《えんこん》なんですよ」

ほんの少し笑顔を作っているが、阿部の目は、まったく笑っていなかった。

「僕が七海を殺すわけない！　早く犯人を探してください！」

思わず声を荒らげるジュノ。

阿部も高田も、疑いに満ちた眼差《まなざ》しをジュノに向けているだけで、なにも応《こた》えない。

ジュノは、毅然《きぜん》として立ち上がり、声を荒らげた。

「帰ってください……帰ってくれ！」

『ジュノを疑う暇があるのなら、さっさと犯人を探し出してよ。あの、頬《ほお》に古傷があった、バイクの男を』

ジュノが寝ているベッドの横で、膝《ひざ》を抱えてうずくまっている七海は、刑事たちの不躾《ぶしつけ》な態度を思い出して、無性に腹を立てていた。

昨晩、刑事たちが帰った後のジュノはひどく荒れていて、ウィスキーを浴びるように飲んでいた。

壁やテーブルを殴ったかと思えば、嗚咽《おえつ》を漏らしてひどく泣いて。

泣いて、叫んで、大切な作品まで、いくつも叩《たた》き割ってしまっていた。

七海は止めることも、慰めることもできずに、ただ見守るしかなかった。

胸が、張り裂けそうだった……。

ウィスキーの瓶が空になる頃、エネルギーを使い果たしたように、ジュノはベッドに倒れ込んだ。

ハッと上半身を起こしたジュノは、呆然としながら、いつも七海が寝ていたあたりに、温《ぬく》もりを探していた。

必死に、もがきながら七海を探していた。

そんなジュノを見るのが辛い七海は、抱えた膝におでこをつけて、ぎゅっと小さく丸くなり、目を伏せていた。

ふいに、ベッドから降りたジュノが、リビングへの階段を降りていく。そのまま玄関から出て行こうとしたので、七海も慌てて立ち上がった。

『待って』と、追いかけたが、七海が外に出ようとした瞬間、鼻先でドアが閉まり「ガチャン」と鍵《かぎ》のかかる音がした。

ドアノブを握ろうとした七海の手は、素通りしてしまう。

ふと、病院にいた少女のゴーストが、カーテンを通りぬけて、向こう側を見ていたのを思い出した。

恐る恐るドアに手を入れてみると、手がドアの中に消えてしまった。

驚いた七海は、咄嗟《とっさ》に手を引き抜いた。

ドアには何の変化もなく、閉ざされたまま。

――ここで怯《ひる》んでいちゃダメだ。こんなこと、たいしたことない。

七海は、心を決めて、全身をドアにぶつけた。

奇妙な衝撃が全身に走ったが、そのまま身体を押し込んだ。身体の半分がドアに埋まったとき、突然、鍵が回されるのが分かった。

ドアを開けたのは、ジュノではなかった。

革のグローブをはめた男。

その男の顔を見て、七海は驚愕《きょうがく》する。

頬に、古い傷痕《きずあと》があったのだ。

あの夜、自分の人生を奪った男だった。

『何しに来たの？　人殺し！』

七海は男の前に立ちはだかったが、男は、易々《やすやす》とすり抜けて行ってしまう。

家の中をざっと見回して、男はベッドルームへ向かった。

七海が、男を止めようと、腕や足を摑《つか》もうとしたが、どれも無駄な抵抗だった。

その男は、何かを必死で探しているらしく、クローゼットからベッドサイドのキャビネットまで、家中をかき回している。

その時、玄関の扉が開く音が聞こえた。

『ジュノ!』

男は咄嗟に屈《かが》んでベッドの陰に身を隠し、ポケットからナイフを取り出した。

帰ってきたジュノは、テーブルの上に鍵を置くと、男が家に侵入していることなど、まったく気づいていない様子でベッドルームに向かっている。

『ジュノ! 来ないで!』

七海は必死に叫んでいるが、ジュノには届かない。

何も気づかずに、どんどんベッドルームへ向かい、階段を上がっている。

『ジュノ! ジュノ! 犯人がいるのよ!』

七海は、必死でジュノを止めようとするが、すべてが空回りしている。

男は、ジュノの視界に入らないようにそっと移動して、階段脇《わき》の陰に隠れた。

男の存在を知らないジュノは、無防備にも男に背を向けて着替えはじめている。

ジュノの隙《すき》を狙《ねら》っていた男は、ナイフを握り直し、今にも、ジュノに襲いかかろうとしている。

『やめて――――!!』

七海が絶叫したその瞬間、「パンッ」と、音を立てて、家中の電球が一斉に割れた。

その音に驚いたジュノが振り返り、警戒しながら階段の方へと向かってくる。

いきなりの出来事に狼狽《ろうばい》した男は、周囲を見回すと、ジュノに気づかれないよう、裏庭から外へと逃げていった。

『どうして電球が……』

七海自身も、突然のことに驚いていた。

咄嗟に、男のあとを追う七海。

目の前で玄関のドアが閉まっていたが、ギュッと目をつぶり、思い切りドアに飛び込んだ。

次の瞬間、七海は外に飛び出していた。

どうやら、うまくドアをすり抜けたらしい。

男は、あの時のバイクにまたがって、エンジンをかけたところだった。

『絶対に逃がさない』

七海は、強い決意を胸に、男のあとを追っていった。

繁華街の裏路地で、男はバイクを停《と》めた。

古い雑居ビルが建ち並ぶその一角は、昼間だというのに薄暗く、雑多で物騒な雰囲気が充満していた。

バイクを降りた男が、雑居ビルの中に入っていく。

暗くて狭い階段を上って屋上へ出ると、そこには粗末なプレハブ小屋があった。入口にかけられた看板には『東洋セントラル商事』とある。

その名前に聞き憶《おぼ》えがあった七海。

東洋セントラル商事――。

『あの時、なんとなく違和感を感じて、支払いの決裁をおろさなかった会社だ、取引額は――確か、三億円だったはず』

プレハブ小屋に入る男に続いて、七海も中に入っていく。

小屋の中は、安っぽい椅子《いす》や事務机の他に、ダーツゲームや酒の瓶がゴロゴロと転がっていて、とても「商事会社」の事務所には見えなかった。

見るからにガラの悪い男たちが屯《たむろ》していて、全身が入墨の男までいる。グラビア雑誌をめくりながら、恐喝まがいの電話をかけている男まで。

その雑然とした机の上に、あの日、七海が盗まれたバッグが置かれていた。横には七海の財布や名刺ケース、携帯が無造作に広げられている。

男はそこに、七海が持っていたジュノの家の鍵を投げた。ドカッと椅子に座り、携帯を取り出し、どこかに電話をかけている。

机の上にある名刺の束には、様々な会社の名前が刷られているが、『黒田《くろだ》竜《りゅう》二《じ》』という名前は全部に印刷されていた。

「失敗だ……二、三日中にもう一度忍び込む。……ああ、今度こそうまくやる」

黒田は苦々しく言って、電話を切った。

手を伸ばして、バッグの脇にあった七海の携帯を開くと、待ち受け画像のジュノが、バックライトに照らされて笑っていた。

「……邪魔だな」黒田が、写真のジュノの顔を、ナイフの先でなでている。

『ジュノに何するの!?』

七海は、背筋が凍る思いに襲われた。

『ジュノが危ない！　早くジュノに知らせなきゃ』

でも、いったいどうすれば——。

どうしたらジュノを守れるの……。

このまま黙って見ているしかないの……。自分の無力さに打ちひしがれた七海は、なす術もなく、雑居ビルをあとにするしかなかった。

ジュノが危険だと分かっているのに、何もできないなんて……。

あてもなく街をさまよっていると、狭い路地の入口にある立て看板が、ふと、目に入った。

『霊媒師《れいばいし》・運天五月《うんてんさつき》 一回きりなら、みごとな人生に』

看板には、そう書かれている。まるで吸い寄せられるように、七海はその路地を入って行った。

路地へ入るとすぐに、築五〇年は経っているであろう、古い一軒家があった。開け放たれた扉の横には『鑑定中』の木札が出ている。

七海が様子を窺《うかが》いながら中へ入ると、家の外観に比べて室内は新しく小綺麗《こぎれい》で、どことなく中国の雰囲気が漂っていた。

壁の装飾や、天井から吊《つ》り下がったランプシェードは、風水を意識したインテリアになっている。

薄暗い廊下を進むと、廊下途中にある部屋から、光が漏れていた。

なにやら女性の話し声が聞こえてくる。

七海が、その部屋を覗《のぞ》くと、部屋の広さに不釣り合いな、大きくて重厚感のある八角形のテーブルがあり、その上には大きな水晶玉が置かれている。

そして、おかっぱ頭の白髪の老女が、真ん中に座っていた。

六〇代半ばを越えたぐらいだろうか。

金と銀の豪勢な刺繍《ししゅう》が施された、中華テイストの服を身にまとい、気品を感じさせる佇《たたず》まいで、ゆったりと椅子に座っている。

その傍らには、着物姿の別の老女が控えていた。

老女の向かいには、かなり太った和服の若い女と、その母親らしき上品な女性が真剣な表情で座っていた。若い女は身を乗り出して、

「私、結婚したいんです」

と切実に訴えている。

「運天先生、この娘に何か問題があるんでしょうか？」

隣に座った母親は、娘と同様に、身を乗り出してすがるように言った。

運天先生と呼ばれた白髪の老女は、ギョロッとした目をさらに大きく開いて、太った娘を見つめる。

「あなたには男がついている、ピタッと」

一息で言いきった運天は、娘というよりは、その背後にいる「男の存在」を見ているようだった。

親子は青ざめて、後ろを振り返るが、何も見えない。部屋の入口で様子を見ていた七海も、思わずつられて親子の後ろを見た。

運天は、何かを感じとっているような仕草をしながら、

「前世で心中しましたね。あなただけ生き残って……」

と言った。

親子は、ギョッとした表情で、食い入るように運天を見つめる。

ところが、運天は、なかなかその先を言わない。

瞬《まばた》きもせずに、じーっと娘の背後を見つめたまま、動かないでいると、運天の傍らに控えていた老女が、控えめに口を開いた。

「……お電話でお伝えしたと思いますが」

「あっ、ああ、はい。前払いの……勿論《もちろん》、持参しております」

母親は慌てて袱紗《ふくさ》を取り出して、中に入っていた厚い封筒を老女に差し出した。

老女は、慣れた手つきで封筒の中身をさっと数えると、

「では、一〇〇万円。確かに」

と厳《おごそ》かな口調で言い、札束を懐にしまう。

すると突然、運天がトランス状態になった。

身体を何度か左右に揺らして、娘の肩の上をじっと見ると運天は目を細めて、

「いい男だね。あんたのふくよかさに、心底惚《ほ》れているらしいよ。ああ〜さみしかったね。そうかそうか」

優しく語りかけて頷いた。

親子は驚愕して、顔を見合わせている。

運天の見つめる先を見た七海は、思わず、

『誰もいないいじゃないの』

と言ってしまう。

親子の背後には、「いい男」のゴーストどころか、最初から誰もいない。

ゴーストの七海に見えないのだから、運天にだけ、見えているわけがない。

「そう、誰もいないじゃ……」

運天は、顔をしかめて辺りを見回した。

「あのー、そのカタはどうやったらいなくなってくれるんでしょうか」

「私、結婚したいんです！」

親子は、さらにすがるように、運天を見つめている。

運天は気を取り直したように、「方法はあります」と神妙な面持ちで言った。

七海は、太った娘を観察して、『少し痩《や》せれば可愛《かわい》いのに』と思わずつぶやいた。

「そう、少し痩せれば……」

そこまで言った運天は、再び怪訝な表情で辺りを見回した。

「誰？　婆《ばあ》や、聞こえた？」

隣に控えている老女は、首を横に振った。

「誰？」

運天は、警戒するように部屋を見回した。

『誰って？　私の声が聞こえるの？』

「どこ？　どこなの？　誰なの？」

どうやら運天には、七海の声が聞こえているらしい。

運天の取り乱した様子を見た親子は、明らかに怯《おび》えている。

「私、痩せますから！」と、娘は叫んでいた。

『ねえ聞いて。私、星野七海といいます。ひとつお願いがあるの』七海は、天から降りてきた、蜘蛛《くも》の糸を掴む思いで運天に話しかけた。

「うるさい。やめて」

動転した運天は、部屋の中を逃げ回っている。

その運天の耳元で、七海は大声をだした。

『聞こえてるなら、星野七海って、言って！　星野七海！』

「婆や、やめさせて。婆や」

運天は、唖然《あぜん》としている傍らの老女に抱きつく。

七海は、しつこくまとわりつき、運天の耳元で言う。

『ホ・シ・ノ・ナ・ナ・ミ！』『ホ・シ・ノ・ナ・ナ・ミ！』

運天はたまらず、「ホシノナナミ！」と叫んだ。

そして、そのまま、ひっくり返って気絶してしまう。

部屋にいた全員は「ホシノナナミ？」と、顔を見合わせている。

思いがけず希望を摑んだ七海は、呆気《あっけ》にとられている人々をよそに、ひとり喜んでいた。

「神様仏様どうかお許しください。霊界をもてあそぶなんてことは、金輪際……一切いたしませんから。本当にすみません」目を覚ましてから、運天はずっと祈っている。

「どうしたのよ。お客はいないんだから、いつまでも芝居しなくていいのに」

婆やと呼ばれていた老女は、呆《あき》れ顔で言った。

「芝居じゃないのよ。婆や、お水！」婆やは、やれやれとでも言いたげに、小さく溜息《ためいき》をついて台所へ行った。

先ほどの「中国風」の部屋とはうってかわって、ごく普通な造りの和室には、テレビや茶簞笥《ちゃだんす》、卓袱台《ちゃぶだい》などの物が、ごちゃごちゃと置かれていて、生活感があった。

「そりゃ、あたしたちのお母さんも、そのまたお母さんも霊媒師だったけど、あたしたちには、そんな力、何もないでしょ」

「それが、聞こえたのよ」

台所から戻ってきた婆やは、水の入ったグラスを運天の前に置いて、

「実の姉に、婆や婆やって。あたし、あなたとひとつしか違わないのよ」

と、不服そうに部屋を出て行った。

やっぱりインチキ占いだったのかと、そばで会話を聞いていた七海は思った。けれど、七海の声は聞こえている。ということは、能力がないというわけでもないらしい。自分に、そういった特別なパワーがあることを、本人が分かってないのだ。

婆やが持ってきた水を、一気飲みしている運天に、七海が囁《ささや》いた。

『少しは落ち着いた？　話を聞いて欲しいの』

ギョッとした運天は、空になったグラスを投げ出した。

「いやよ！　どうなってんの！　今更こんな力いらないから！　誰か別の人に取り憑いてちょうだい！」

当てずっぽうに、ブンブンと手を振り回している。

そう言われても、七海にとって、この世の頼みの綱は、運天だけなのだ。一刻も早く、ジュノに危険が迫っていることを知らせなくてはいけない。どんなことがあっても、協力してもらわなければ困る。

せっかく摑んだかすかな希望に、七海は必死でしがみついていた。


協力してくれない運天に、七海は、ある作戦を仕掛けることにした。

『現金で受け取っているのに、領収証も出さないなんて、とても申告しているようには見えないわね。まずは法人登記した方がいいと思う』布団を頭から被《かぶ》っている運天の耳元で、七海は、延々と話を続けた。

『そうすれば、社員、すなわち、あなたとお姉さんの昼食代は、月三五〇〇円まで福利厚生費として認められます。それに夜食代は、全額経費で落とせるの』

時計の針は、すでに、深夜三時を回っている。

もう既に、何時間もしゃべり続けているが、肉体を失った七海が、疲れを感じることはなかった。

「もう、やめて。ごめんなさい」運天は、グッタリした様子で、枕で耳を塞《ふさ》いだ。

『ダメ。お願いを聞いてくれるまで、いち経営者としてアドバイスを続けさせて頂きます』

「お願いだから、やめてください……」

運天が、懇願《こんがん》しても耳を貸さず、七海は話を続ける。

「もう寝かせて〜！」

と、運天はヒステリックに言い、勢い良く布団を被った。

「次に、減価償却《げんかしょうきゃく》ですが」

と、七海は、さらにしゃべり続ける。

そうして、さらに数時間が過ぎ空が白みはじめた頃、

「分かった、分かったからやめて、お願いだから、もう寝かせて」

ゲッソリやつれた運天は、とうとう降参し、七海に協力すると約束をした。

6

七海に連れて来られた運天は、ぶつぶつと文句を言いながらも、ジュノの家のドアチャイムを押した。

しかし、反応がない。

「ほら、留守だって」運天はさっと踵《きびす》を返した。

『いるから。絶対いるから、待って』

「ここまで来たし、呼び鈴も押したけど留守。ということで、ごきげんよう」

『待って！』

「おしまい」と、運天は歩いていく。

そんな、ようやくジュノに伝えられると思ったのに――。

七海が焦っていると、扉が開いてジュノが顔を出した。

運天は足を止めて、振り返った。「……ジュノさん？」

ジュノは、初めて見る運天を怪訝《けげん》そうに見ると、「はい」と答えた。

『ジュノ、ジュノ、あのね』

「ちょっと、彼には聞こえないんだから」

運天は七海に向かって言うと、妙にわざとらしい笑顔を作って、ジュノに向き直った。

「あの、こんにちは。あたくし、運天五月と申します。いわゆる霊媒師《れいばいし》なんですけど……実は、あなたの親しいカタから、メッセージがあるんです」

ジュノの表情が一変して曇った。

「……誰ですか？」

「七海さん」

「七海？」

「星野七海」運天は努めてなんでもない風に言った。

だがジュノは、バタンッと勢い良く扉を閉めてしまった。

「だから言ったじゃないの」と、運天は溜息《ためいき》をつく。

『お願い、ジュノとどうしても話がしたいの』

七海は、運天にしがみつくように話しかけた。

ここで諦《あきら》めるわけにはいかない。

運天は、もうひとつ溜息をついて、ドアに向かって声を張り上げた。

「ジュノさん！　ジュノさ〜ん！　聞こえてるんでしょ〜？　七海さんが話したがってるの。嘘《うそ》じゃないのよ〜」

ジュノからの反応はない。

どうしたらジュノは信じてくれるの……。

七海はふと思いつく。

『ジュノと一緒に、公園の噴水でびしょ濡《ぬ》れになったことがあるの。そのことを言ってみて』

「あなた、七海さんと噴水でズブ濡れになったことあるわよね？」と運天が大声で話すが、反応はない。

通行人たちがまるで怪しい人を見るように様子を窺《うかが》っている。運天は、バツが悪そうに声をひそめて、

「無理だって。出て来ないわよ」と言うが、七海は諦めない。

『だったら、教会の指輪。キーリングの指輪、憶《おぼ》えてるか訊《き》いて』

運天はうんざりした顔をしながらも、再びドアに向かって声をかける。

「教会の指輪、憶えてる？　キーリングの」

『で、私は小さな花の指輪を渡したの』

「七海さんは、小さな花の指輪を渡したの、ですって」

やはり反応はなかった。

「ねえ、ジュノさん！」と、運天が言いかけたとき、向かいの一軒家のベランダから、おばさんが顔を出した。

「ちょっとうるさいわよ！　あなたひとりで何やってんの？　警察呼ぶわよ！」

「すみません、もう帰りますから」と慌てて謝った運天は、「三つ数えたら帰るわよ〜」とドアに向かって叫んだ。

ドアの向こう側のジュノにも聞こえるように言い、一瞬で「一、二、三」と数えあげると、さっさと家に背を向けて歩き出した。

『待って』と、七海は急いで後を追うが、運天は「待たない」と言って、どんどん行ってしまう。

そのとき、再び玄関のドアが開いた。

『ジュノ！』

七海の声に、運天は立ち止まって振り返った。

7

ソファに座っているジュノは、戸惑いながら運天を見ていた。

七海との思い出や、キーリングの指輪のことも知っているこの女《ひと》は、何者なんだ……。

ジュノは、向かいに座ってのんびりとコーヒーをすすっている運天を見た。

もしかしたら本当に、七海のことを知っているのだろうか……。

「七海は、どこですか？」

「うーん。あたしにも、見えないのよね。声が聞こえるだけで」

運天は素っ気なく答えると、唐突に、

「ここだけじゃ分からないわよ」

と周囲に視線を泳がせながら言った。

「今、あなたの左側に座って手を握っているって」

そう言われてジュノは手を見るが、自分の手以外は何も見えない。

やっぱり、からかわれているのか。

そう思った途端、悲しみと同時に怒りがこみ上げてきた。

「……なぜこんなこと？」

「七海さんが、うるさいからよ」と、運天はうんざりした様子で言った。

ジュノは、七海を悪くいう運天が許せなかった。

それよりも、あり得ない話を一瞬でも信じようとした自分に無性に腹が立った。

「七海は死んだんです」

ジュノは韓国語でそう言って席を立った。

「なによそれ？」

運天は、誰かと話したかと思うと、慌ててジュノに言った。

「アルゴイッソヨ」

思いがけない言葉を聞いたジュノは耳を疑った。振り返ると、運天はキョトンとした顔をしている。どうして、この女《ひと》はその言葉を知っているんだ……。

まさか、本当に七海が――。

☆

「アルゴイッソヨ」

この言葉を聞いて、ジュノはようやく信じてくれたようだった。

運天は「よっこらしょ」とソファに座り直し、サイドテーブルに飾ってあった写真立てを手に取って見ている。

それは、七海とジュノが、ふたりきりの結婚式をあげたときの写真だった。

運天は呑気《のんき》に写真を眺めながら、「あなた、美人ね」と感心した声を出した。

『早く、ジュノに私の話を伝えて欲しいの』

焦る気持ちを抑えられない七海は、ジュノと運天の座っているソファの周りをウロウロと歩き回っている。

運天はジュノの方へ向き直り、

「七海さんが、あなたに伝えたいことがあるんですって」

勢い込んで、七海は続ける。

『ジュノ、あなた殺されるかもしれないわ』

あまりに唐突な発言にびっくりした運天は、慌てて、

「ちょっと、いきなりそんなこと言ったらビビッちゃうでしょ？　もう、あたしに任せてくれない？」

七海に文句を言うと、ジュノに向き直って、

「ジュノさん、あなた、殺されるかもしれないわ」

と優しい声で言った。

驚いたジュノは、運天を見ている。

『私を襲った犯人を見つけたの』

七海の言葉を、運天は繰り返す。

「七海さんを襲った犯人を見つけたんですって」

『東洋セントラル商事の黒田よ』

「東洋セントラル商事の黒田って男よ」

『住所言うから書いて』

「住所書いて欲しいって」

運天がそのままジュノに言うと、七海は思わず、

『あなたが書くのよ』と、運天に言った。

「あたし？……まったく、人使いが荒いんだから」

『新宿区歌舞伎町四の三〇の八』

運天はペンとメモを自分のバッグから取り出すと、テーブルの上で復唱しながら住所を書いている。

『ジュノ、犯人はこの家の鍵《かぎ》を持っていて、昨日の朝ここにも来たの』

「犯人はこの家の鍵を持っていて、昨日の朝もここに来たんですって」

ジュノは、運天の話をじっと聞いていたが、どこまで信じていいのか、戸惑った表情のまま黙っていた。

『ジュノ警察に行って！　これは、計画的な犯罪なの、私を狙《ねら》って襲ったのよ』

「警察に行けって。七海さんは計画的に狙われたんだって」

それでもジュノは何も言わず、困惑した表情で運天を見ていた。七海は、ジュノが信じてくれることを、ただひたすらに願うほかなかった。

この日、ジュノは七海の経営していた会社『アイ・アクロス』の社長室に七海の荷物を取りに来ていた。

机の上のダンボール箱を確認しているジュノに、未春が話しかけている。

「その運天さん？　のこと、信じたい気持ちは分かるけど、もっと冷静になった方がいいんじゃない？」

ジュノから運天の話を聞いた未春は、心配そうに言った。それでもジュノは、未春に熱く語っている。

「本当なんです」

「どうして信じるの？」

「その人が、七海と話すのを見て」

「ジュノさん、申し訳ないけど、私は信じられない」

「じゃあ、どうして知っているんですか。指輪のことや、噴水のこと」ジュノは思わず語気を強めた。

七海は、二人のやり取りに耳を傾けながらも、私物がなくなった社長室を見回して、もう自分の部屋ではない淋《さび》しさを感じていた。

まだ新しい社長は選任されていないらしい。けれど、もう、この会社に自分の居場所はない。

こんなふうに、自分の存在は、どんどん消えていってしまうんだろうか……。

七海は強い淋しさを感じていた。

ジュノは、七海の私物が納められたダンボールに視線を落としながら、

「……誰も知らないことなのに」とつぶやくように言った。

「他には？　何か言われた？」

「七海を襲った犯人のこと」

「……うそ」

未春はひどく驚いた様子で、ジュノを見ていた。

『ホントよ』

自分の声は二人に届かないと分かりつつも、七海は反射的に答えていた。

「七海は、警察に連絡しろって言った」

ジュノは『東洋セントラル商事』の住所が書かれたメモを未春に見せる。

「ちょっと待って。警察に行ってなんて言うつもり？　霊媒師が死んだ人間と話したって？　ジュノさんの頭がイカレテルって思われるだけよ！　そんなこと警察に言ったら、余計疑われるんじゃない？」

そう言ってしまってから、未春は、ハッとした。

「ごめんなさい……もちろん、私は信じてるのよ。ジュノさんは、そんな人じゃないって」

ジュノは、ダンボールの中から陶器のコーヒーカップを取り出した。それは、七海にプレゼントした、自分の創《つく》ったコーヒーカップだった。

しばらくそのカップをじっと見つめていたジュノは、

「……自分で確かめます」

と言った。

「エッ？」

驚いた未春からは言葉がでてこなかった。

その言葉を聞いた七海もびっくりして、

『やめてジュノ！　危ないわ！』

ジュノのそばに駆け寄っていた。

けれどカップを見つめるジュノの目には、強い決意があらわれている。

こういう目をしたときのジュノは、どうやっても止められないことを七海は知っていた。

どうしようもなく湧《わ》き上がってくる不安を七海は抑えることができなかった。


新宿で電車を降りたジュノは、まっすぐ歌舞伎町を目指していた。

平日の夜だというのに新宿の街はかなりの人でごった返している。

歌舞伎町の路地をしばらく歩き回ったジュノは、雑居ビルが建ち並ぶ一角にメモに書かれた住所を見つけた。

ジュノはためらうことなく雑居ビルに入り、階段を上がる。

『お願いだから、無茶はしないで』

七海は祈る思いで、ジュノについていった。

屋上に出ると、プレハブ小屋の前で男たちが何やら盛り上がっている。その中には黒田の姿もあった。

「東洋セントラル商事はここですか？」とジュノ。

黒田は鋭い目つきでジュノを睨《にら》んだ。

チンピラ風の男たちも、舐《な》めまわすように、ジュノのことを睨みつけている。

けれど、ジュノが怯《ひる》む気配はない。

「……私の妻が、ひき逃げで殺されました」

「……それで、ご用件は？」

冷たく言った黒田に、ジュノは挑むように言う。

「黒田は、いますか？」

一瞬だが、明らかに黒田は動揺していた。

黒田は、男たちに事務所の中に入るよう目配せをしてから、「そういう者はいませんよ」と言って、事務所のドアを閉めた。

咄嗟《とっさ》にドアに手をかけたジュノを、

「いないって言ってんだろ！」

怒鳴った黒田が、いきなり殴りつけた。

不意打ちを食らったジュノは体勢を崩し、床に叩《たた》き付けられる。ジュノは、口元の血を拭《ぬぐ》いながら、黒田を睨みつけた。

「帰れ」と言い放ち、黒田は勢いよくドアを閉めた。

ジュノは立ち上がって、ドアを激しく叩く。

「開けろ！　黒田を出せ！　ここにいるんだろ！　開けろ！」

『ジュノ、もうやめて！』

ジュノは、黒田の名前を大声で叫びながらドアを叩き続けていた。


『こんなことになるなんて……』

警察の狭苦しい取調室。

無言で椅子《いす》に座り、うな垂れているジュノの横顔を見つめて、七海は胸が押しつぶされそうになっていた。

あの後、周辺住人の通報を受けたという警察に取り押さえられるまで、ジュノはずっとドアを叩き続けていた。

手に血がにじむほど、激しく。

警察は、ジュノの言い分にはまったく耳を貸さずに連行した。連行すべきなのは、黒田の方だというのに。

家にまで図々しくやってきた刑事の阿部と高田は、ジュノに七海殺しの疑いをかけたままだった。

二人の刑事は、ジュノのことを勝手に調べあげた上に、「国に送り返してやる」「二度と日本に来られないようにすることもできるんだ」と、高圧的な態度と卑《ひ》卑怯《きよう》な脅し文句でネチネチとジュノを責めていた。

だが、ジュノは刑事たちに『東洋セントラル商事』のこと、それに黒田竜二という男のことを調べてくれと、何度も何度も懇願《こんがん》している。

どうして警察は真相を追及してくれないのかと七海は腹立たしかった。

自分の言葉で想《おも》いを伝えられないことが、こんなにも苦しいことなのかと、ゴーストになってから思い知らされていた。

自分だけがすべてを知っている。

犯人が黒田竜二で自分が計画的に殺されたということも。

それに――。

七海はギュッと唇を噛《か》んだ。

あの信じ難い光景を思い出して、激しい怒りに身体《からだ》が震えていた。

警官たちは、必死に訴えるジュノを無理矢理パトカーに押し込み乗せて行った。

どうしたらいいか分からないまま呆然《ぼうぜん》とした七海の前に、思いがけない人物がやってきた。

未春だった。

ビルの屋上に駆け上がった未春は、一度も躊躇《ちゆうちよ》することなく『東洋セントラル商事』のドアを叩いた。

未春は、ドアを開けた黒田を押しのけるように事務所の中へ入っていく。

その勢いにつられて七海も後を追い、未春に『気をつけて』と声をかける。

けれど、未春は唐突に、

「黒田さん、あなた、誰に話したの？」

責めるような口調で言った。

「誰にも言ってませんよ」

黒田は薄ら笑いを浮かべている。

「黒田って名前もこの場所も知られてるのよ！　早く、そいつを探して黙らせて！」

未春はヒステリックに捲《まく》し立てた。

未春と黒田は知り合いなの――？

わけが分からず、七海はひどく混乱していた。

黒田は、怒りの眼差《まなざ》しで未春を睨んだ。

「どうして俺が？」

「あなたのせいでしょ！　七海の手帳さえ盗めば良かったのよ！　それなのに殺しちゃって」

七海は我が耳を疑った。

「あんたが作った借金のせいだろ？　為替でケチついて、会社の金にまで手出して。泣きついて来たのは誰でしたっけ？」

未春は押し黙ってしまう。

黒田が見下すように鼻で笑うと、追いつめられた未春はひどく苛立《いらだ》っていて、焦りを隠せない様子だった。

七海は、こんな未春の姿を今まで一度たりとも見たことがなかった。

「約束の日までに、その手帳が見つかれば、例の取引の金、振り込んでもらえるんでしょうね？」

「手帳のパスワードがあれば、すぐにね……」

七海は、社長室で自分の手帳をじっと見ていた未春を思い出す。あのときの、未春の探るような鋭い視線。あれは私がパスワードをどこに書いているのか確認していたの――。

黒田は机の上にあった紙を取ると、不敵な笑みを浮かべて、

「あと三日。別の形で振り込んでいただいてもいいんですよ、上条《かみじょう》未春《みはる》さん」

と言った。

その黒田を、鬼のような形相で睨みつけた未春。

黒田が未春の目の前でヒラヒラと泳がせていた紙は生命保険の証書だ。契約者の欄には未春の名前が書かれている。もし、会社のお金が振り込めなかった場合は、未春が殺されるということなのか……。

「……家の鍵をちょうだい。手帳は私が探すわ」言われた通り、黒田は鍵を差し出した。それを受け取った未春は、険しい表情で事務所を出て行く。

七海は信じたくなかった。

まさか、黒田に指示をしたのが未春だったなんて……。

一番信頼していた親友が、自分を殺させた。

それも身勝手な借金のために——。

七海は去ってゆく未春に摑《つか》みかかるが、身体は未春を素通りしてしまう。

「信じらんない！　会社のお金、いったい何に使ったの？　何の取引？　何それ？　未春の借金のために私は殺されたの？」

七海は叫んだ。

「たったそれだけのために？　私の一生返して！　私の幸せ返して！　返してよ！」

あまりにショックが大きく、脱力して崩れ落ちた七海の瞳《ひとみ》からは、くやし涙がとめどなくこぼれ落ちていた。

怒り、悲しみ、憎しみ、悔しさ、後悔……。

いろんな思いが絡み合い、七海の胸中は複雑な感情で渦巻いていた。

ジュノはまだ取調室にいた。

すっかり憔悴《しょうすい》しきってグッタリとしている。うまく日本語が伝わらずに一方的に責められ続けたのだから無理もない。

自分と出逢《であ》わなければ、ジュノはこんな思いをしなくてよかったのに……。

『ごめんね、ジュノ……』

七海は心の中でずっと同じ言葉を繰り返していた。

抱きしめたい。

少しの間でもいいから。

せめて少しでも触れられたなら――。

ジュノの肌の感触を、体温を、呼吸を、感じたい――。

七海はジュノの頬《ほお》にそっと手を伸ばした。

けれど、生きている人の温《ぬく》もりを感じることはできなかった……。

ふいにドアが開いて、阿部と高田が戻ってきた。

高田は、ジュノの前に持ってきたファイルを投げ出す。

ジュノが何度も、『東洋セントラル商事』と黒田のことを訴え続けたので、どうやら調べたらしい。

阿部は、ジュノの向かい側に座って溜息《ためいき》をついた。

「『東洋セントラル商事』にも、黒田竜二という名前にも前科はなかった」

そんなはずはない。

ジュノも顔をしかめていた。

阿部は、「けどな――」と、ファイルを開いて写真を見せた。

そこに写っていたのは、黒田ではなく、運天だった。髪型こそ違っていたが、間違いなく運天五月だ。

「その霊媒師とやらの前科はたいしたもんだ。詐欺と賭博《とばく》で五年前に一〇カ月の懲役くらってるぞ」

「そんな……」

そばにいた七海も驚いている。

「違う。違います！　本当に知ってたんです！」

ジュノは混乱しながらも、必死で訴える。

高田は勝ち誇ったような笑みを浮かべて、

「お前、こいつの仲間か？　結婚詐欺だったんだろ？」

と、ジュノに詰め寄った。

「違います！」

「早く吐いちまえよ！　殺し屋を雇って、殺したって。え？　女の財産が目当てだったんだろ？」

阿部も、手のひらを返したようにジュノに詰め寄る。

「違う！　何度言ったら分かるんだ……」

ジュノは反論するが、その目には失望の色が滲《にじ》んでいた。そばに立っていた七海も、もうきっと、ジュノは運天の言うことを信じないだろうと落胆している。

運天だけが、唯一、ジュノと繋《つな》がる希望だったのに――。

七海もジュノも絶望の淵《ふち》に立たされていた……。


いつものようにキッチンでコーヒーを淹《い》れているジュノ。

リビングのソファには、未春が座っている。

自分を死に追いやった、未春が――。

そうとは知らないジュノは、未春にコーヒーを差し出した。

「大変だったわね。あの霊媒師、詐欺師だったの」

いかにも同情している口調で言った。

『違うわ。嘘《うそ》をついているのは、全部未春よ！』

いくら言っても、七海の言葉はジュノの耳には届かず空中で消えてしまう。

「……もう何も信じられない」

ジュノは力なく、深い溜息をついた。

そんなジュノを、じっと見つめていた未春は、

「ジュノさん……七海の思い出まで消えてなくなったわけじゃないわ……」

と、ジュノの手に自分の手を重ねた。

「……七海はいつも輝いてた……学生の頃から、私はいつも引き立て役だったけど……そんな七海のそばにいられるだけで嬉《うれ》しかった……」

そう言って、未春は微笑《ほほえ》んだ。

一瞬、七海には、その笑顔がどことなく泣き顔のように見えたような気がしたが、ジュノは黙ったまま視線を落としている。

重苦しい空気と悲しみが部屋を飲み込んでしまいそうだった。

それを破るように、未春は明るく言う。

「もう少し、ミルクをもらえる？」

ジュノは立ち上がってキッチンに向かった。

彼が背を向けたとき、未春はわざと胸元にコーヒーをこぼした。自らブラウスのボタンを数個外して、「うわ！　アツーイ」と悲鳴をあげている。

「大丈夫？」

「ああ、大丈夫、大丈夫」

慌ててタオルを掴んで戻ってきてジュノは、咄嗟に未春のブラウスを拭《ふ》いた。ブラウスの襟元から、胸元が見えている。気がついたジュノが、

「あ、ごめん」

と手を離そうとしたとき、

「いいの」

と、言った未春は、その手をグッと掴んでいた。

ジュノは、未春の手をそっと振りほどこうとしたが、

「行かないで」

未春が突然ジュノに抱きついた。

言葉が出ないとは、こういうときのことを言うのかと七海は息を飲み込んだ。

ジュノはひどく困惑した様子のまま動かない。

「私も淋しいの。親友があんな風に突然いなくなって……七海の代わりになれるなんて思ってない。でも、七海を失って、私の中の何かが欠けてしまったの

「……」

未春はすがるように言って、

「あなたと同じよ」

と熱のこもった目でじっとジュノを見つめた。

視線をそらすジュノ。

「ジュノさん……七海はもういないのよ」

未春は吐息まじりに言って、ジュノの目をのぞき込んだ。

二人の視線が合い、未春がゆっくりとジュノの唇に自分の唇を近づけていく。

『やめて！』

七海が叫び、手を伸ばした瞬間。

思い出の花器がサイドテーブルから落ちて粉々に割れてしまった。

思いがけず器に触れることができた七海は驚いていた。

その瞬間、ジュノは未春の身体を自分から引き離した。

「帰ってもらっていいですか」

「……あ、ああ。じゃあ、また」

気まずい雰囲気を感じとった未春は、すぐに帰って行った。

ジュノは、床一面に散らばった陶器の破片を、ひとつひとつ丁寧に拾いあげる。

ムーミンの絵が描かれた部分は、小さい破片ながらも、どうにか残っていた。
「……七海」
ジュノは、その破片をぎゅっと握りしめた。
七海は、器に触れることができた自分の手をじっと見つめている。もしかして、
未春の計画を阻止できるかもしれない――。
微《かす》かな希望の光を感じた七海は、急いで未春のあとを追った。
未春は苦悶《くもん》の表情を浮かべてジュノの家を振り返って見ていた。だが、何かを
振り切るように踵《きびす》を返して、すっかり暗くなった道を歩き出す。
未春は、バッグから七海の緑色の手帳を取り出した。七海とジュノが警察にい
るあいだに、家に忍び込んで盗んだのだろう。
その手帳を奪い返そうと、
『返してよ！』と、七海が摑み掛かるが、やはり触れることすらできない。
さっきは確かに器に触れることができたのに――。
七海はもどかしい思いで、また自分の手を見つめていた。
未春はパスワードが書かれたページを確認してから、電話をかけていた。
「パスワードが手に入ったの。今夜中に、会社から送金の手続きをするわ」
電話の相手は黒田のようで、声が漏れ聞こえてくる。

「それはよかった。あんたのことを心配してたんでね」

「金を振り込んだら、お互いこれで終わりよ」

そう言い、未春は電話を切った。

何度やってもすり抜けてしまうけど、こんなことでは絶対諦《あきら》めない。七海は、遠ざかって行く未春の背中を、決意を秘めた目でじっと睨んでいた。

8

病院で出会ったゴーストの少女。

あの子なら、力の秘密を知っているかもしれない。

少女が、いとも簡単にワゴンに触れていたのを思い出した七海は、もう一度、彼女に会うために病院に行くことを思いついた。

けれど、七海は事件の当日に、自分がどこの病院に運ばれたのか知らなかった。あの事件現場の近くを走る救急車に乗りこめば、きっと自分が運び込まれた病院に行くはず。そう思いたった七海は、救急車を捜そうと、耳を澄ましてサイレンの音を探しながら、夜の街を、あてもなく彷徨《さまよ》っていた。

歩道橋の上にいると、救急車が走ってくるのが見えた。見下ろすと、流れる車は、かなりのスピードを出している。

七海が躊躇《ちゅうちょ》している間にも、救急車はどんどん近づいてくる。七海は目を瞑《つむ》り、思い切って歩道橋から飛び降りた。

ギュッとつぶっていた目を開けると、七海は救急車の中にいて、隣には、中年男が力なく座っていた。彼は、心臓マッサージを受けている自分の肉体を呆然《ぼうぜん》と見つめている。

この人もゴーストなんだ。と七海が思っていると、男は七海に気づき、『あっ、オバケ！』と悲鳴を上げた。けれどすぐに『あ、そっか、俺もオバケか……』と横たわる自分の肉体に視線を戻した。

救急車が、病院の救急専用玄関に到着し停止する。

『御邪魔しました』と男に挨拶《あいさつ》した七海は、車体をすり抜けて病院の中へと駆け込んでゆく。

病棟を走り回り、ゴーストの少女を捜す七海。

夜間で人のいない、閑散とした病院の中をくまなく捜しまわっていると、小児病棟のプレイルームから笑い声が聞こえてきた。

部屋を覗《のぞ》くと、ゴーストの少女が紙粘土の動物たちを動かして遊んでいる。

『あ、おばちゃん』

七海に気づいた少女は、人懐っこい笑顔を見せて寄ってきた。

『あなたを捜してたの』

七海は、その場にしゃがみこみ、少女の目線と同じ高さで話した。

『知りたいんでしょ、力の秘密』

頷《うなず》く七海。

『教えてあげるには、条件があるの』

『条件？』

『ジュノお兄ちゃんは、時々ここに来て、粘土でいろんなもの作ってくれるの。わたしも、それがとっても楽しみなの』

そういえば、ジュノから聞いたことがあった。

病院に入院している子供たちが退屈しないように、紙粘土を持って遊びに行っていると。

この病院だったんだ――。

『お兄ちゃんが来なくなって、入院してる子たちも淋《さび》しがってるんだ』

ジュノは人気者だと知り、七海まで嬉《うれ》しくなっていた。

少女は真剣な眼差《まなざ》しで、

『お兄ちゃんにまた来てくれるように言ってもらえないかな……』と言う。

『分かった。約束するわ』

しっかり頷いた七海を見て、少女はにっこり微笑《ほほえ》んでいた。

廊下の片隅。

思った以上に七海は苦戦していた。

今度こそ目の前の紙コップをはじいてやろうと指を構える。気合いを入れて、勢いよく指を突き出すが、すり抜けて空振りしてしまう。

そばで見ていたゴーストの少女は、

『あーあ』と歯がゆそうな声をあげた。

『ダメだよ、それじゃあ。もう死んでるんだから、身体《からだ》なんかないんだよ。こうして、気持ちをおヘソの下に集めて、一気に吐き出すの』

少女が『ハッ！』と気合いを込めて足で蹴飛《けと》ばすと、あっさりと宙に浮かんで飛ぶ紙コップ。

それをみた七海は、今度は蹴ってみようと立ち上がった。気持ちを、おヘソの下に集めて……意識して思い切り足を振り切る。

ところが、思いっきり空振り。

勢い余ってバランスを崩し、派手に尻餅《しりもち》をついた。

『痛《いた》ーっ』思わずお尻をさすったが、痛みは感じていなかった。

少女は『キャッキャッ』と大笑いしている。

子供に笑われたことが悔しい七海は、今度こそは絶対と、再び構える。

『がんばって！　集中するの、集中！』

少女に励まされた七海は、おヘソの下に力を集めようと意識を集中した。

そして——思いっきり蹴り上げた。

紙コップは、勢いよく高く飛んで、少女をすり抜けていった。

『やった！　やった！』

喜んでいる少女とハイタッチした七海。

夜、誰もいない病院の廊下で、突然、紙コップが宙を舞っている。目撃した人は、さぞかしゾッとするだろうなと、七海は苦笑いをした。

そしてふと、いつも一人でいる、この少女のことが気になった。

『あなたはどうして、ここにいるの？』

『お母さんとはぐれちゃって……お母さんが会いに来てくれるの待ってるの』

悲しげに目を潤ませる少女。

『そう』

母親を思い出したのか、少女の瞳《ひとみ》からは、大粒の涙がポロポロと溢《あふ》れている。

そして、つぶやくように言った。

『早く来てくれないかなぁ……会いたいなぁ、お母さんに……』

七海は思わず、少女をギュッと抱きしめてしまう。

『……早く会えるといいね』

七海の胸の中で、少女は『うん』と微笑んでいた。

この病院で、ひとり淋しく待っている少女がいることを、この子の母親に伝えてあげたい。運天さんに頼んでみよう、七海は心の中でそう考えていた。

けれど今は、なんとしても未春を止めなくては。

少女のゴーストに別れを告げ、七海は病院を飛び出して会社へ向かった。

就業時間を過ぎた『アイ・アクロス』の社内は、消灯され無人だった。

ゴーストの少女から教わった力を使って、七海は、社長室のパソコンを立ち上げ、決済承認システムの画面を出した。

キーボードを叩《たた》いて、IDとパスワードを入力しログインする。

『東洋セントラル商事』への支払申請が未承認だと確認できた七海は、ホッと安《あん》堵《ど》の溜息《ためいき》をついた。

良かった、未春はまだ支払手続きを終わらせてはいない。けど、あの電話で未春は、「今夜中に手続きを済ませる」と言っていた。

おそらく、パスワードを手に入れて安心したのだろう。まだ時間があると、のんびりとここに向かっているに違いない。

未春には、昔からそういう詰めの甘いところがあるのだ。

ふいに、遠くからドアが開く音が聞こえた。

ガラス張りの社長室からは、フロアを歩いてくる未春の姿が見えた。

七海は、急いで『パスワード変更』のボタンをクリックする。すると画面には『現在のパスワードを入力して下さい』と表示が出た。

未春は、どんどん社長室に近づいて来ている。

七海は、素早くキーボードを打つが、画面がなかなか切り替わらない。

未春は、もうそこまで来ている。

『早く、早く』

焦る七海。

たった数秒のはずが、とても長い時間に思えた。

ようやく画面が切り替わり、新しいパスワードが表示される。アルファベットと数字がランダムに組み合わさった、一五桁《けた》の文字列。

七海は近くにあったメモ用紙に新しいパスワードを書き留める——。

未春が、社長室のドアを開けると同時に、パソコンの電源が落ちた。

社長室に入った未春は、一瞬、怪訝《けげん》そうに部屋を見回す。

懸念を振り払おうとしたのか、未春は短く溜息をついた。

そして、デスクのパソコンで決済承認システムの画面を立ち上げると、盗んできた七海の手帳に書かれたパスワードを入力した。

『ログイン』をクリックする――。

「え？」

未春が凍り付いている。

画面には『パスワードが違います』の文字。

『良かった』とそばで見ていた七海は胸を撫《な》で下ろした。パスワードは、無事に変更されているようだ。

未春は、もう一度、手帳を何度も見直しながら一文字一文字、パスワードを入力する。

そして『ログイン』をクリックすると。

――画面には『パスワードが違います』の文字。

「ウソ！」

一気に青ざめた未春。

今まであった余裕の表情は一瞬で消え去り、ひどく狼狽《ろうばい》している。

未春は、七海の手帳を見直し、パスワードらしき別の文字を見つけると、それらを何度も入力してみる。

何度繰り返しても結果は同じ。

未春は、思いつくことを片っ端から入力した。

七海の生年月日、高校の名前、好きなチョコレートの銘柄……とにかく、手当たり次第試している。

何かに取り憑《つ》かれたように、未春はキーボードを打ち続けた。

そしてついに、パスワードの入力ミスの許容回数を超えてしまい、承認システムへのログインに、ロックが掛かってしまう。

グッタリとうな垂れ、椅子《いす》にもたれかかって頭を抱えている未春。

ふいに、「カタカタカタ」とキーボードを叩く音がしはじめる。

パソコン画面を見た未春は、ギョッとしてデスクから離れる。

暗闇《くらやみ》に明るく浮かび上がった液晶画面には、

『わたしの幸せ返して　返して　返して　返して　返して　返して　返して　返して　返して　返して　返して……』

と繰り返し入力されている。

キーボードが、ひとりでに文字を打っているようにしか見えない。

「何？　誰？　七海、七海なの？」

未春は、怯《おび》えて後ずさり周囲を見回す。

「……いるの、七海？」

七海は『わたしの幸せ返して』とキーボードを打ち続けている。

「……ねえ七海、あなたが、パスワード変えたの！」

キーボードを打つ音が止まった。

途端に静まり返る社長室。

「七海！　教えて！　そのパスワードがなかったら、あたし終わりなの！　もう時間がないのよ！　七海、お願い！」

未春は、泣き崩れながら悲鳴にも似た声で叫んだ。

何も答えない七海。

未春は、デスクの上のパソコンモニタを思いっきりたたき落す。さらには、デスク上のものから棚の書類まで周囲一面に当たり散らしていた。

ふっと我に返った未春が嘲笑《あざわら》うように言う。

「七海、なんでこんなことになったか分かる？　……私は七海になりたかった……星野七海になりたかったのよ！」

お金はこれほどまでに人を変えてしまうのか……。

そんな未春が哀れに見え、優しかったころの未春を思い出した七海は、どうしようもない悲しみがこみあげていた。

「お願い、私を助けてよ……七海は、ジュノも会社も、名誉も名声もお金も、欲しいものは全部手に入れたんだから、もういいでしょ。私を助けて、友達でしょ」

未春は消え入りそうな声で七海に訴えている。

「……分かったわ。教えてくれないなら、あなたの一番大事なものを奪ってあげる。ジュノよ、ジュノの命を奪ってやるから！　いいわね七海！　聞いてるの！」

空を睨みつけた未春の目は、すでに死んでいる。

明らかな殺意を感じた七海は身を翻《ひるがえ》した。

『ジュノが危ない！』

もう頼れるのは運天しかいない。

ジュノは、運天を信じないかもしれないが、躊躇している余裕などなかった。

運天のいる「中国風」の占い部屋は、妙な状況になっていた。

部屋はたくさんのゴーストでひしめき合っている。

『誰、このゴーストたち？』

驚いた七海をゴーストたちが一斉に見た。

なんだ、また別のゴーストかと、皆すぐに八角テーブルの前に座っている白髪の老女に視線を戻した。

水晶に手をかざして唸《うな》っている白髪の老女は運天ではなく婆《ばあ》やだ。どうやら、あの白髪はカツラだったらしい。

婆やの向かいに座った男は、テーブルに身を乗り出して言った。

「美智子《みちこ》のことがどうしても忘れられないんです。もう一度だけでいいから、話をさせてください！」

婆やは目をつぶって水晶に手をかざし「うーんうーん」と唸るばかり。

運天のわざとらしい演技の方が信憑性《しんぴょうせい》があったかもと、七海は小さく笑って、運天の姿を捜し始めた。

ゴーストたちの隙間《すきま》から、誰かが部屋の片隅にいるのが見えた。七海はもしやと思い、そのボサボサ頭をした人物の顔をのぞき込む。

やっぱり、運天だ。

皆に背を向けている運天の前には、大量の料理が並んでいる。とにかく、無我夢中で料理を食べている運天。

その、むさぼるように食べ続ける姿には鬼気迫るものがあった。

『運天さんどうしたの？　こんな大事なときに困る』

突然、話しかけられて驚いたのか、運天は小さく飛び上がった。

それを見ていた若い女のゴーストが、運天の身体に勢いよく飛び込んだ。その瞬間、運天は飛び出そうなほど目を大きく見開き、細かく痙攣《けいれん》しはじめた。

部屋にいるゴーストも人間も、皆、運天を凝視《ぎようし》している。

次の瞬間、スーッと波が引くように穏やかになった運天。

「良ちゃん！」

そう言って、丸くした瞳をパチパチさせている運天は、声も仕草も、まるっきり別人の若い女のようだった。

「美智子！　美智子なのか？」

婆やに相談していた男は立ち上がった。

美智子のゴーストに憑依《ひようい》された運天は、男に近づいて行き、

「ああ！　今でも愛してるのよ！」と、男に抱きつき激しくキスをした。

男は、一瞬うっとりしたがハッと我に返り、運天の身体を遠ざけるが、運天は、なかなか離れようとしない。

なんとか引き剥《は》がして運天の顔を見た男は、「ウッ」と手で口を押さえて部屋

を飛び出してしまった。

恍惚《こうこつ》とした笑みを浮かべ、若い女のようだった運天が、突然、苦しそうに顔を歪《ゆが》めて怒鳴った。

「もううんざりよ！　皆、出てってちょうだい！」

と同時に、運天の身体からはじき出されて床に転がる、ゴーストの美智子。

「なんてことすんの……」

運天は身震いして、身体中をパンパンと手で払う。

美智子は、床に倒れたまま動けないでいる。

その様子を不思議そうに見ている七海に、

『人の身体に入ると、ああやってしばらく動けなくなるんだよ』

隣にいた中年男のゴーストが教えてくれた。

運天は、部屋全体に向かって、

「皆さ〜ん、あたし、本当に限界なので、出て行っていただけませんか」

と言った。

だが、ゴーストたちは動こうとしない。

「出てけって言ってるでしょ！」

運天が、恐ろしい形相で怒鳴りちらした。

その剣幕に恐れをなしたゴーストたちは、「あーあ」と言いながら、壁をすり抜けて次々と出て行く。そして、ひとり出て行かなかった七海が運天に語りかけた。

『運天さん、お願い。もう一度だけ、力を貸して欲しいの』

「七海!? あんたまた来たの! もう絶対イヤよ! あんたのせいでホンモノの霊媒師になっちゃって、この有様よ! 霊があたしの身体を使うからボロボロになっちゃったわ」と、運天は不満を爆発させる。

その様子を見ていた婆やが、静かに立ち上がった。

「あたしたちのお母さんも、そのまたお母さんも、そう言いながら、ずっと人助けしていたじゃない」

そう言った婆やは、被《かぶ》っていた白髪のカツラを、運天の頭にポンと被せながら、優しい笑顔で頷いた。

9

轆轤《ろくろ》の前に座っているジュノは、呆然《ぼうぜん》と土の塊を見つめている。

あの日から、何も創《つく》る気がおきないでいた。

気がつけば、いつも七海のことばかり考えている。

七海の笑う顔。七海の怒った顔。七海のすねた顔。七海の泣いた顔。

少し鼻にかかるソプラノの声も、絹のようにしっとりした肌の感触も、子猫のような体温も、紅《あか》くてぷっくりとした唇も。

何もかもが鮮明に残っていた。

でも——。

いつかは忘れてしまい、七海のことを思い出せなくなるのだろうか……。

どんなに心が痛くても、それだけでは人は死なない。

その事実をまざまざと思い知らされたジュノは、生きているのが辛《つら》くなっていた。

自ら死を選ばない限り、この痛みや悲しみから解放されないのだろうか──。

そんなことを考えてしまうくらい、ジュノは精神的に追い詰められていた。

ふいに、玄関からノックの音がする。

「はい」

玄関のドアを開けると、そこには運天が立っていた。

咄嗟《とっさ》に扉を閉めるジュノ。

「聞いて、ジュノさん」

外から、運天の声が聞こえてくる。

「あたしのことどう思っているかは、分かるわ。だけど、あなたホントに危ないのよ！　七海さんもここにいるわ。あなたと話したいって」

「帰ってください！」

ジュノはそう言ったが、運天は諦《あきら》めない。

「まだ分からないの？　七海さんは事故で死んだんじゃないの。殺されたのよ。未春って人が自分の不正がバレそうになったから、七海さんを襲わせたの」

ジュノは混乱した。

未春？　彼女は七海が最も信頼していた親友だ。その未春さんが、七海を襲うなんて、考えられない。

「未春はあなたのことも殺すつもりよ。七海さんの話を聞いてあげて！」

「何で七海がいるなんて言うんですか！」

ジュノは怒りを我慢出来ずに、思い切りドアを叩《たた》いた。

「七海は死んだんです！　死んだんですよ……もう、二度と戻ってこない。もう、二度と会えないんです！　それなのに、なんでそんな嘘《うそ》つくんですか！」

たまらなく辛かった……。

七海がいるなんて、ありもしない希望を抱いて裏切られるのはもう嫌だ。これ以上、耐えられない。

「ジュノさん」

また、運天の声が聞こえてきた。

「七海さんが、あなたが今着てるのは、初めて会ったときに着てたシャツだって」

ジュノは驚いて自分のシャツを見る。

そうだ。あの日着ていたのは、確かにこの白いシャツだった。

「そのとき、七海さんは誤解して、あなたを叩いたんだって」

そう、この家のベッドで目覚めた七海は、勝手にカンチガイして僕を叩いた。

でも、そんな話は七海が誰かにしていて、それを運天が聞いただけなのかもしれない。調べようと思えば調べられることだ。

「七海さんが、ドアを見てって」

外から運天が言った。

『カチャ』と、ジュノのそばで小さな物音がした。

音のした方を見て、ジュノは息をのんだ。

玄関脇《わき》の器に入れておいたパステルが宙に浮かんでいる。そのパステルが、ゆっくり空中を移動していき、ドアに線を描きはじめた。

ただ呆然と見つめているジュノ。

線はみるみる形を描き出して、ひとつの絵が出来上がった。

『ムーミン』

あの日、ふたりで作った器に七海が描いた、あの、『ムーミン』の絵だった。

ジュノは思わず手を伸ばして、その絵にそっと触れる。

「七海」

本当に七海がここにいるんだ。

七海を感じたジュノの目からは、自然と涙が溢《あふ》れていた。

ドアに描かれた絵がたまらなく愛しい。

「相変わらずヘタクソ」

変わらない七海の絵を前にしたジュノは、泣き顔の中にも笑みがこぼれている。

「悪かったわね」

ふと、七海が笑った声が聞こえた気がした。

ジュノは涙を拭《ふ》くと、運天がいる玄関のドアを開けた。

☆

「刑事さんが、とりあえず話を聞きに来てくれるって」

運天は受話器を置いて言った。

『よかった』

七海はホッと、安堵《あんど》の溜息《ためいき》をついた。

運天は、ソファに座っているジュノにメモ用紙を差し出した。

「七海さんが、これが新しいパスワードだって。刑事が来たら渡してって」

ジュノは受け取って、頷《うなず》いた。

「あとは待つだけね」と、運天も緊張を和らげた様子だった。

しばらく黙っていたジュノは、

「七海はどこに……」

と聞いた。

「七海さん？」

運天が周囲を見回す。

七海は、ジュノの隣に座っていた。

『ジュノの左にいる』

「左にいるって」

ジュノは左側、七海の方を見て手をかざした。

「ここにいるの？」

『そう』

「……七海……もういちど、抱きしめたい」

ジュノは哀《かな》しい目をして言った。

『……私も……もういちど、抱きしめたい』

「七海さんも抱きしめたいって」

七海は、ジュノの目をじっと見つめている。

ジュノの目線は七海の方を向いているにもかかわらず、定まっていなかった。

姿が見えないのだからしかたがない……。

運天が「フッ」と息を吐いた。

「分かった、分かったわ」

そう言うと、ソファのジュノのそばに座った。

「あたしを使って」

『使う？』

「あたしの身体《からだ》に入りなさい」

七海は驚いて運天を見る。

「早く！　気が変わらないうちに」と、運天は静かに目を瞑《つむ》った。

七海は、一瞬躊躇《ちゅうちょ》したが勇気を出して、座っている運天の身体に自分の身体を重ね合わせた。

その瞬間、七海の全身には電流が走ったような異様な衝撃が走った。重い液体を全身に浴びたかのような鈍い感覚と目の前に広がる不思議な光景。それはまるで、初めて万華鏡を覗いたときのような、宇宙空間に入り込んでしまったような感覚だった。

運天の身体も電流が走ったように小さく痙攣《けいれん》していたが、すぐにスーッと静かに落ち着いていった。

ゆっくりと目を開ける七海。

目の前のジュノは、驚いた表情で見ている。

七海は、ジュノの手にそっと触れた。

懐かしい感覚と温《ぬく》もりが一瞬で蘇《よみがえ》る。

求めていたジュノの感触――。

『ジュノ……』

七海の声がジュノには聞こえた気がしていた。

ジュノは目を閉じて、七海の手を握りしめた。

七海の手をとり、ゆっくりとジュノが引き寄せる。

ジュノが私を感じてくれている。

七海は両手で、彼の頬《ほお》を優しく包みこんだ。

彼の髪に触れ、瞼《まぶた》をなぞり、鼻を撫《な》でて、唇に触れる。

そして、ジュノの差し出した手を自分の頬へ引き寄せた。

大きな手から、彼の体温が伝わってくる。

大好きなジュノの手。

ジュノは目をつぶったまま七海の唇をなぞって、ゆっくりと七海の身体を引き寄せ、強く抱きしめた。

七海もしっかりと、ジュノを抱きしめる。

『ジュノ……』

『ジュノの声……』

『ジュノの匂《にお》い……』

『ジュノの呼吸……』

『ジュノの鼓動……』

もういちど、愛する人を抱きしめることができた奇跡を神に感謝し、ジュノの温もりを七海は全身で感じていた。

ふたりは、失った時間を埋めるかのようにずっと抱きしめあっている。

愛に満ちたふたりと静かに流れる時間――。

突然、ドアチャイムが激しく鳴り響く。その瞬間、運天の身体にいた七海は、はじき出されてしまった。

「ジュノさん? ジュノさん!」

外から声が聞こえた。

『未春だ!』

「ジュノさん、いる? ジュノさん!」

玄関のドアを何度もノックしている。

七海は床の上で身動きが取れないでいた。全身が麻痺《まひ》したように、いうことをきいてくれない。

「どうしましょう……」気が動転している運天に、ジュノは、

「裏から出て、早く、警察に」

とメモ用紙を託した。

「わかった！」と駆け出していく運天。

運天が出て行ったのを確認して、ジュノは玄関に向かった。

そして、勢いよく玄関のドアを開ける。思いがけないその衝撃で、ドアの前にいた未春と黒田が倒れた。

黒田の手にはナイフが握られている。

「七海を殺したのはお前か！」

ジュノが怒鳴った瞬間、黒田は素早く起き上がったと思うと、いきなりジュノに切りつけた。

ナイフをかわしたジュノは黒田の腹を思いっきり蹴《け》り上げた。

「ウッ」と唸《うな》って、その場にうずくまる黒田。

「七海から全部聞いた！　パスワードが欲しいんだろ？」

ジュノはメモ用紙をかざすと、二人をおびき寄せるように走り出した。

「追って！」未春が叫ぶ。

「あの野郎!」

黒田はナイフを握りしめたまま、ジュノのあとを追いかけた。

表にいた男たちも、黒田と一緒にジュノを追う。

全速力で走るジュノ。

黒田たちは諦める気配もなく、必死の形相で迫ってくる。

商店街に駆け込んだジュノ。夜遅い時間にもかかわらず、商店街はかなりの人で賑《にぎ》わっていた。

行き交う人々を避《よ》けながら、なんとか走り抜けていく。振り返ると、黒田たちは人々を突き飛ばしながら追いかけてきている。

そのとき、大きな荷物を持った配送員が、突然脇道から出て来て、避けようとしたジュノは激しく転んでしまう。

すぐに起き上がったが、黒田に追いつかれてしまった。

「メモをよこしな」

「イヤだ」

黒田はジュノに切りつける。

追いついた男たちも、凶器を手にジュノに襲いかかった。

激しい乱闘に商店街は騒然となり、いくつも悲鳴があがっていた。

二人の男たちに囲まれたジュノ。

争っている隙《すき》をつかれたジュノの足に、黒田のナイフが深く突き刺さった。

「ウッ」と低いうめき声を出して、ジュノは膝《ひざ》をついた。

すかさず黒田は不敵な笑みを浮かべて容赦なく切り掛かってくる。

ジュノは、傷の痛みに耐えながら必死で抵抗している。

なんとか立ち上がると、脚を引きずりながら路地へ逃げ込んだ。

「おい、どこ行くんだよ」

よろけるように走るジュノを、黒田は余裕の態度で追う。

そのとき突然、黒田をめがけてダンボール箱が飛んできた。咄嗟で避けられず、足を取られた黒田が転んでいる。

すると今度は、目の前に駐輪されている自転車がドミノ倒しのように倒れて黒田を襲った。

「うわっ！」

慌てて避けたが、今度は、山のように積まれたビールケースが崩れ落ちてきた。

路地裏の電気という電気がチカチカと点滅しはじめ、スピーカーからは大音量で音楽や安売りセールのアナウンスが鳴り響く。

怯《おび》えた黒田が、辺りを見回すが誰もいない。

さらに七海は、黒田に向かって次々と物を投げつけ追い込んでゆく。

「ヤメろ！」とパニックになって逃げ出す黒田。

鉢植え、看板、ゴミ箱……。

七海は、手当たり次第に次々と黒田に向けて飛ばしている。

物陰に逃げ込んだ黒田は、苦しそうに肩で息をしていた。

完全に怯えきっている。

七海は、ホースを持ち上げ、蛇口をひねって黒田に水をかけ始める。

悲鳴をあげた黒田は、よろけると水で足を滑らせて転んだ。目の前にある汚れたガラス窓に『人殺し』と文字が浮かび上がってきた。

「化けもの！」

めちゃくちゃにナイフを振り回し、目に見えない何かに抵抗している黒田の様子に、通行人たちは悲鳴をあげて逃げ惑い、商店街は騒然としていた。

七海は、黒田の背中を『ドンッ』といきなり突き飛ばした。

倒れこむ黒田。

立ち上がった黒田の背中を七海はまた『ドンッ』と突き飛ばす。

黒田はよろよろと立ち上がるが、立ち上がる度に、七海は突き飛ばし続けた。

「助けてくれ！　助けて！」

その場から逃げだしたい黒田が一心不乱に走り出した。

商店街を走り抜けた黒田が、勢いよく車道に飛び出した、その瞬間。

――激しくクラクションが鳴り響いた。

黒田の目前に大型トラックが迫っていたのだ。

トラックは甲高《かんだか》い急ブレーキ音を立てて、ハンドルを切った。そのトラックを避けようとした車が、反対車線から黒田に迫る。

七海が息をのんだ瞬間。

黒田の身体は宙を飛んで、激しく地面に叩きつけられていた。

だが次の瞬間、黒田はゆっくりと起き上がり、何が起こったか分からない様子で呆然と辺りを見回した。

七海の姿に気づき、驚愕《きょうがく》の表情を浮かべる黒田。

『お前、何でここにいるんだ!?』

『……あなた、死んだのよ』

七海の視線の先を見た黒田は、ギョッとした。

車のボンネットの上には、仰向《あおむ》けに倒れた、血まみれの自分の身体があったのだ。

黒田は怯えた目で七海を見る。

突然、暗闇《くらやみ》の中で何かが蠢《うごめ》いた。

背筋がゾッとするようなおぞましい音が空気を振動させたかと思うと、無数の黒い影が地の底から這《は》い出してきて、黒田に襲いかかる。

初めて見る黒い影に七海は不安をおぼえる。

「助けて！　助けてくれ！」

悲鳴を上げて抵抗する黒田を飲み込んだ黒い影は、一瞬のうちに、暗闇の奥底に消えてしまった。

闇とともに黒田が消えた途端、辺りは元の静けさを取り戻していた。

「ジュノ！　パスワードを教えなさい！」

ふいに、未春の叫び声が聞こえてくる。

『ジュノが危ない！』

七海は声のする方へと急いだ。

未春は黒田のナイフを握りしめて、傷ついたジュノに詰め寄っている。

「七海のメモよ！　そのパスワードが必要なの！」

「何？　これが必要なんだ？」

ジュノは、二つ折りになったメモをかざした。

「お願い、ジュノさん渡して！」

メモを広げて見せるジュノ。

白紙。なにも書かれていない、ただの紙きれだった。

「パスワードは既に運天さんが警察に渡した。今頃、あの金は警察が調べているよ」

運天を逃がすとき、七海がくれたパスワードの書かれたメモを渡していたのだ。

突然、未春は笑い始める。

カッと両目を見開いた未春はジュノに刃を向けた。

「チクショー！　七海、あんた、いるんでしょ！　こうなったら言ったようにあんたの一番大切なもの、奪ってやる！」

未春はヒステリックに叫んで、ジュノに襲いかかった。

その目は、完全に正気を失っている。

『やめて！』

七海は、咄嗟に未春に摑《つか》みかかるが、逆上している彼女のパワーがあまりにも強烈で跳ね飛ばされてしまう。

未春は、髪を振り乱しながら何度もジュノに切りつけている。

足の傷を押さえながら必死で抵抗するジュノ。

「……殺してやる」

ナイフを手にしている未春は、ジュノに身体ごとぶつかっていった。

『もうやめて——!』

絶叫した七海。

その衝撃で、辺り一面のネオンや照明が「パンッ」と激しく弾《はじ》け飛び、一瞬で暗闇に包まれた。

未春が気を取られて動きを止めた隙に、七海は未春をつき飛ばした。それでも執念で起き上がり、ジュノを睨《にら》みつける未春。

そのとき、

「こっちです!」

運天の声がして大勢の警察官が駆けつけた。

「警察だ!」

「武器を捨てろ!」

阿部と高田は、ナイフを握りしめる未春に迫った。

未春は逃げ場を探したが、既にパトカーや警官隊に包囲されている。追い詰められた未春は、自分の喉《のど》にナイフを突き立てた。

「やめるんだ!」

咄嗟に、ジュノは未春の手を摑んだ。

激しく抵抗され、もみ合いになる二人。
「離して！」
次の瞬間——。
未春のナイフは、ジュノの腹部に突き刺さっていた。
「ウッ」と声にならないまま、ジュノは膝から崩れ落ち、地面に沈んだ。
運天の悲鳴が響く。
未春は、顔面蒼白《そうはく》になりながら震えて後ずさっている。
『ジュノ！』
叫んだ七海がジュノに駆け寄った。
ジュノの腹部からは大量の血が流れている。
警官たちは、虚脱して立ち尽くす未春を取り押さえていた。
『ジュノ！　ジュノ！　ジュノ！』
何度も何度もジュノの名前を呼ぶ七海。
事故の時、七海の名を呼び続けていたジュノと同じだった。
七海の声が聞こえた気がする。
朦朧《もうろう》と意識が遠のく中、ジュノはゆっくりと目を閉じてしまった——。

☆

白いホーローケトルの口から、湯気が立ち上っている。

ジュノはガスを止め、挽《ひ》きたてのコーヒー豆が入ったネルフィルターに熱湯を注いでいる。ゆっくりと、円を描くように、静かに。

ポコッポコッと小気味良い音を立てながら、サーバーが満ちてゆく。

ふと気配を感じたジュノが振り返ると、そこには七海が立っていた。

「七海?」

「ジュノ」

ジュノは七海にかけ寄って抱きしめる。

間違いなく七海だ。

ジュノは現実を確かめるように、さらに強く七海を抱きしめていた。

「悪い夢を見てたんだ。七海が死んじゃう夢。七海がいなくなって、ひとりぼっちになって……」

そうだ、あれは夢。

悪い夢を見ていただけだったんだ。

「淋しかった。でも良かった。夢で……」

七海もジュノも、お互いをじっと見つめていた。

「そうだジュノ、病院でね、女の子に会ったの」

「え？」

「ジュノが粘土でいろんなもの作ってくれるのが、大好きなんだって」

七海は柔らかく微笑《ほほえ》んで、ゆっくりと続ける。

「それでね、約束したの。お願いだから、また子供たちのところへ行ってあげて」

「分かった。今度は七海も一緒に行こう」

返事をせず、切ない目をしている七海。

「七海？」

「ジュノ……創り続けてね」

七海はまた、ジュノに微笑みかける。

「私、ジュノの創る器が大好きなの。だから創り続けて」

ジュノは、胸騒ぎを感じていた。

これが七海との別れになる気がして、彼女を摑む手に思わず力が入っている。

ジュノの不安を察したのか、七海はいっそう明るい声で言った。

「でもジュノは、轆轤《ろくろ》を回してると食事するの忘れちゃうでしょ。時間がきたら食べること。睡眠もちゃんととること。それから、土のついたジーンズで、ソファに座らないこと」

微《かす》かに震えている七海の声。

目に涙を溜《た》めながら、それでも精一杯の笑顔でジュノに語りかける。

「いい？　約束よ」

と明るく言った。

ジュノは、話を続けようとする七海に咄嗟にキスをして口を塞《ふさ》いだ。

七海の目から、一筋の涙がこぼれ落ちる。

ジュノは、その涙をそっと指でなぞっていた。

「……私、あなたに会えて良かった」

ジュノは何も答えられなかった。

何か言えば、もう会えなくなってしまうような気がしていたのだ。

「……ジュノの言ったとおりね。この幸せはどこにも逃げない。私、今、最高に幸せよ……だから」

ふいに、七海の背後に眩《まぶ》しい光が広がった。

そのまばゆい光は、何色もの光の環《わ》をオーロラのように瞬《またた》かせて、七海を包み

込むように優しく降り注いでいる。

それを見た七海は、「そのとき」が、きたことを感じているようだった。

「……だから、もう行かなくちゃ」

ジュノは抱きしめた七海を離さなかった。

「一緒に行くなんて言わないでね……また、会えるから」

「……七海……」

七海を見たジュノは別れの予感をおぼえていた。

それは、七海が何か大きな決断をしたときの表情をしていたから……。

優しく微笑んだ七海は、

「ジュノ、サランヘヨ……愛してる」

と言った。

少し照れている彼女は、この上なく愛おしく、とても幸福そうに笑っている。

初めて、七海が言ってくれた。

「愛してる」

ずっと聞きたかったその言葉に熱いものがこみあげてきて、今にも涙がこぼれてしまいそうだった……。

ジュノも精一杯の笑顔で七海に応《こた》える。

「……アルゴイッソヨ」

ジュノは、もういちど七海をギュッと強く抱きしめる。

強く、強く、抱きしめ、もしこれが夢なら一生覚めないでくれと祈っていた。

七海は涙を隠すかのようにジュノの胸に顔を埋《うず》めていた。

ふたりの身体をゆっくりと離したのは七海だった。

「いつまでも愛してる……」

七海はジュノに口づけをすると、ゆっくりと、神々《こうごう》しい光の方へ歩きはじめた。

まばゆい光に包まれている七海は笑顔で、本当に美しく輝いていた。

そうして、七海は光とともに、静かに消えていってしまった――。


いつの間に眠ってしまったのだろう。

大きな窓から射す太陽の光が眩しく、うっすらと目を開ける。

ぼやけた視界がはっきりしてくると、無機質なコンクリートの天井と女性の顔が見えてきた。

「ここがどこだか分かりますか?」

その若い女性はナース服を着ていた。

どうやら病院らしい。

「先生！　キム・ジュノさんが！」と言い、慌てて部屋から出ていった。
左手には点滴用の細い管が繋《つな》がれている。
いったい何があって、自分はここにいるのだろう……。
自分で身体を起こそうとした途端、腹部に激しい痛みが走った。
どうしてここにいて、なぜケガをしているのか……。
記憶を辿るも、はっきり思い出せずにいた。
「七海」
そうだ、ついさっきまで七海と一緒に家にいて、この手で彼女を抱きしめた。
強く抱きしめた感触は今もはっきりと残っている。
けれど彼女の姿が見当たらない。
受け入れたくない現実が脳裏をよぎる。
もしかして、夢……だったのか——。
夢と現実が交差し、頭の中は混乱していた。
ジュノは、強く握っていた自分の左手の中に、何か温もりを感じる。
手を開くと陶器の破片を握りしめていた。
ムーミンが描かれたあのカケラだった。
「七海だ」

きっと目覚めたときに思い出せるようにと、彼女が握らせてくれたんだ。

やっぱり夢じゃない。

七海を抱きしめたのは、ただの夢ではなかった。

いつだって彼女は、そばにいてくれた。

死んでしまった後もずっと……。

どうしようもない悲しさに襲われて、止め処《ど》なく溢れてくる涙。

ジュノはひたすらに泣いた。

片時も離れずに自分に寄り添っていてくれた七海が、本当にいなくなってしまったのだ。

僕ひとりだけ戻って来てしまった……。

どうして、自分ひとりだけ――。

七海のいないこの孤独な世界へ――。

どうしてあのとき一緒にいかなかったのだろう。

こんな思いには、とても耐えられそうにない……。

君の声が聞きたい
君の笑顔が見たい

君を抱きしめたい
君の指に、
君の頬に、
君の唇に、触れたい
どうしようもなく君が恋しい……

激しい絶望と喪失感にくれていると、ふいに彼女の声が聞こえた気がした。
『また、会えるから』
ムーミンが描かれた、カケラをみて、七海の言葉が蘇ってくる。
『私、ジュノの創る器が大好きなの。だから創り続けて』
彼女のことだから、必要以上に心配して、ひどく胸を痛めていたに違いない。
自分のことよりも、僕のことばかりを考えていたに違いない。
……そうやって僕は、彼女の愛にいつも守られていたんだ。

彼女と出逢《であ》ってから、今までずっと。
思わず涙が流れた。

『いつまでも愛してる……』

彼女は最後にそう言って、光の中へ旅立っていってしまった。
七海、約束するよ。
いつかまた会えるときまで、君が喜んでくれる作品を創り続けるって。
きっと、約束する――。
七海、君がどこにいても、いつまでも愛している。
サランへヨ、七海。
涙を拭いたジュノは、病室の窓から空を見上げて微笑んでいた。

エピローグ

　夕刻。ジュノは、いつものように、病院の小児病棟のプレイルームで、子供たちと一緒に紙粘土の人形を作っていた。

「あの、見学させていただいていいですか？」

　ジュノが顔を上げると、女性が立っていた。

「娘が、しばらくこの病院へ入院していたんです。ここで、あなたや子供たちと紙粘土で遊ぶのが本当に楽しくて、大好きだって話していました」

　その女性は、目にうっすら涙を浮かべていた。

　その娘さんが亡くなってしまったことを悟《さと》ったジュノは、ふと、七海の話を思い出していた。

　もしかすると、七海が病院で出会った女の子のお母さんかもしれない。

「一緒にやりませんか？」

　と、ジュノは紙粘土を差し出した。

女性は、にっこり微笑《ほほえ》んで、

「ありがとう」と受け取ると、

「おばちゃんも一緒に混ぜてね」

と子供たちの輪に加わって座った。

この日、ジュノは紙粘土でお姫様を作った。

七海に良く似たお姫様だ。

それを『森のお城』と名付けた箱庭へ乗せた。

子供たちも、思い思いに作った人形を並べている。

「七海姫は、みんなと一緒に、大きな龍と戦いました！　それー！」

ジュノが人形を動かしはじめたのを合図に、子供たちは、活き活きしながら楽しんで人形を動かしている。

病院の小児病棟には、子供たちの笑い声が溢《あふ》れていた。


「ミャー」

と、子猫の鳴き声が聞こえて、ジュノは轆轤《ろくろ》を回す手を止めた。

裏庭から入ってきたらしい子猫は、作業場から工房のジュノの方を見ながら、か細い声で鳴いている。

数日前にひょっこり現れた子猫は、それから毎日のように裏庭に来ていて、今では家の中にも出入りしている。

ジュノは、轆轤の前に置いてある七海の写真に語りかけた。

「七海、新しい友達が出来たよ、よくしゃべる子で、なんだか、君の描いたムーミンにそっくりだよ」

足にすり寄っている子猫を抱きあげた。

「そうだ、陶芸展で、新人賞をもらったんだよ」

「それで、韓国でも個展が開けるかもしれないんだ。だから、今度は新しいものにも挑戦しようと思ってる」

ジュノは、工房に差し込んだ太陽の光に目を細めている。

土と混ざった雨の匂いに、梅雨《つゆ》が明けるのも近そうだと、ジュノは思っていた。

僕たちが出逢《であ》った季節が、またやってくる。

「七海に会いたい」

君の声。

君の笑顔。

君の身体。

抱きしめたい……。
この季節になると、どうしようもなく、淋しさがこみ上げてくる。
そんなことを言ったら、君がまた心配するね。
大丈夫。
僕は生きていく。
君との約束を守るために……。
いつか再び、七海と出逢えたら、僕は必ず君を見つけるよ。
あの公園で、君を見つけたように。
あの花火の人混みで、君を抱きしめた時のように。
七海、愛してる。
これからも、ずっと。
サランヘヨ――。

膝の上にいる、子猫が大きなあくびをした。

無邪気な顔であくびする七海を思い出し、ジュノはふっと笑ってしまう。

写真立ての中にいる七海も笑っている。

そしてまた今日も、ジュノは轆轤を回し、七海が好きだと言ってくれた作品を創り続けている。

本文デザイン　ジン・グラフィック

この作品は、映画『ゴースト　もういちど抱きしめたい』
の脚本をもとに書きおろされました。

ゴースト
もういちど抱きしめたい

松嶋菜々子　ソン・スンホン

鈴木砂羽　橋本さとし　芦田愛菜　宮川大輔　黒沢かずこ(森三中)　松金よね子　樋田慶子　波岡一喜　嶋田久作　温水洋一

樹木希林

製作指揮:宮崎洋　岡崎市朗　エグゼクティブ・プロデューサー:奥田誠治　コー・エグゼクティブ・プロデューサー:菅沼直樹　プロデューサー:一瀬隆重
コー・プロデューサー:三木裕明　アソシエイト・プロデューサー:三田真奈美 星野恵
撮影:石坂拓郎　照明:舘野秀樹　美術:矢内京子　美術アドバイザー:種田陽平　装飾:鈴村高正　録音:石貝洋　音楽:大島ミチル　音楽プロデューサー:慶田次徳
編集:深沢佳文　視覚効果:松本肇　陶芸指導:額賀章夫　助監督:小笠原直樹　製作担当:宿崎恵造　ライン・プロデューサー:福島聡司

製作:日本テレビ放送網　パラマウント プロダクションズ ジャパン　PPM　松竹　D.N.ドリームパートナーズ　読売テレビ放送　CJ Entertainment Inc.　CJ Entertainment Japan
バップ　CELL／STV・MMT・SDT・CTV・HTV・FBS　制作プロダクション:オズ　配給:パラマウント ピクチャーズ ジャパン 松竹

監督:大谷太郎　原作:ブルース・ジョエル・ルービン　脚本:佐藤嗣麻子 中園ミホ　主題歌:平井堅「アイシテル」(DefSTAR RECORDS)

　ghost-movie.jp

集英社文庫　目録（日本文学）

伴野朗　呉・三国志　長江燃ゆ九　秋風の巻
伴野朗　呉・三国志　長江燃ゆ十　興亡の巻
永井するみ　ランチタイム・ブルー
永井するみ　欲しい
中上紀　彼女のプレンカ
中沢けい　豊海《とよみ》と育海《いくみ》の物語
中島敦　山月記・李陵
中島京子　ココ・マッカリーナの机
中島京子　さようなら、コタツ
中島京子　ツアー1989
中島京子　桐畑家の縁談
中島京子　平成大家族
中島たい子　漢方小説
中島たい子　そろそろくる
中島たい子　この人と結婚するかも
中島らも　恋は底ぢから

中島らも　獏の食べのこし
中島らも　お父さんのバックドロップ
中島らも　こらっ
中島らも　西《さい》方《ほう》冗《じょう》土《ど》
中島らも　ぷるぷる・ぴぃぷる
中島らも　愛をひっかけるための釘
中島らも　人体模型の夜
中島らも　ガダラの豚I〜III
中島らも　僕に踏まれた町と僕が踏まれた町
中島らも　ビジネス・ナンセンス事典
中島らも　アマニタ・パンセリナ
中島らも　水に似た感情
中島らも　中島らもの特選明るい悩み相談室　その1
中島らも　中島らもの特選明るい悩み相談室　その2
中島らも　中島らもの特選明るい悩み相談室　その3
中島らも　砂をつかんで立ち上がれ

中島らも　こどもの一生
中島らも　頭の中がカユいんだ
中島らも　酒気帯び車椅子
中島らも　君はフィクション
中島らも　変!!
長嶋有　ジャージの二人
中園ミホ　古林実夏　ゴースト　もういちど抱きしめたい
中谷巌　痛快！経済学
中西進　日本語の力
中野次郎　誤診列島　ニッポンの医師はなぜミスを犯すのか
長野まゆみ　上海少年
長野まゆみ　鳩《はと》の栖《すみか》
長野まゆみ　白昼堂々
長野まゆみ　碧《あを》空《ぞら》
長野まゆみ　彼《かれ》等《ら》
長野まゆみ　若葉のころ

集英社文庫 目録（日本文学）

集英社文庫　目録（日本文学）

集英社文庫　目録（日本文学）

集英社文庫　目録（日本文学）

原　宏一　かつどん協議会
原　宏一　極楽カンパニー
原　民喜　夏の花
原田宗典　優しくって少しばか
原田宗典　スバラ式世界
原田宗典　しょうがない人
原田宗典　日常ええかい話
原田宗典　むむむの日々
原田宗典　元祖スバラ式世界
原田宗典　できそこないの出来事
原田宗典　十七歳だった！
原田宗典　本家スバラ式世界
原田宗典　平成トム・ソーヤー
原田宗典　貴方には買えないもの名鑑
原田宗典　大サービス
原田宗典　すんごくスバラ式世界

原田宗典　幸福らしきもの
原田宗典　少年のオキテ
原田宗典　笑ってる場合
原田宗典　はらだしき村
原田宗典　大変結構、結構大変。ハラダ九州温泉三昧の旅
原田宗典　吾輩ハ作者デアル
原田宗典　私を変えた一言
原田康子　星の岬(上)(下)
原山建郎　からだのメッセージを聴く
春江一也　プラハの春(上)(下)
春江一也　ベルリンの秋(上)(下)
春江一也　カリナン
春江一也　ウィーンの冬(上)(下)
春江一也　上海クライシス(上)(下)
坂東眞砂子　桜雨
坂東眞砂子　屍の聲(かばねのこえ)

坂東眞砂子　ラ・ヴィタ・イタリアーナ
坂東眞砂子　曼《まん》荼《だ》羅《ら》道《どう》
坂東眞砂子　快楽の封筒
坂東眞砂子　花の埋葬　24の夢想曲
坂東眞砂子　鬼に喰われた女　今昔千年物語
半村　良　雨やどり
半村　良　晴れた空(上)(中)(下)
半村　良　かかし長屋
半村　良　すべて辛抱(上)(下)
半村　良　産霊山《むすびのやま》秘《ひ》録《ろく》
半村　良　石の血脈
半村　良　江戸群盗伝
東　直子　水銀灯が消えるまで
東野圭吾　分身
東野圭吾　あの頃ぼくらはアホでした
東野圭吾　怪笑小説

集英社文庫　目録（日本文学）

東野圭吾　毒笑小説
東野圭吾　白夜行
東野圭吾　おれは非情勤
東野圭吾　幻夜
東野圭吾　黒笑小説
東山彰良　路傍
樋口一葉　たけくらべ
備瀬哲弘　精神科ER　緊急救命室
備瀬哲弘　うつノート　精神科ERに行かないために
日野原重明　私が人生の旅で学んだこと
姫野カオルコ　A.B.O.AB
姫野カオルコ　愛はひとり
姫野カオルコ　みんな、どうして結婚してゆくのだろう
姫野カオルコ　ひと呼んでミツコ
姫野カオルコ　サイケ
姫野カオルコ　すべての女は痩せすぎである

姫野カオルコ　よるねこ
姫野カオルコ　ブスのくせに！　最終決定版
姫野カオルコ　結婚は人生の墓場か？
平井和正　決定版　幻魔大戦(全十巻)
平井和正　時空暴走　気まぐれバス
平井和正　インフィニティー・ブルー(上)(下)
平岩弓枝　華やかな魔獣
平岩弓枝　結婚飛行
平岩弓枝　釣女　花房一平捕物夜話
平岩弓枝　女櫛　花房一平捕物夜話
平岩弓枝　女のそろばん
平山夢明　他《ひ》人《と》事《ごと》
ひろさちや　現代版　福の神入門
ひろさちや　ひろさちやの　ゆうゆう人生論
広瀬和生　この落語家を聴け！
広瀬隆　東京に原発を！

広瀬隆　赤い楯　全四巻
広瀬正　マイナス・ゼロ
広瀬正　ツイス
広瀬正　エロス
広瀬正　鏡の国のアリス
広瀬正　T型フォード殺人事件
広瀬正　タイムマシンのつくり方
廣瀬裕子　ドロップ
広谷鏡子　不随の家
広中平祐　生きること学ぶこと
ビートたけし　ビートたけしの世紀末毒談
ビートたけし　ザ・知的漫才　結局わかりませんでした
アーサー・ビナード　出世ミミズ
アーサー・ビナード　空からきた魚
福井晴敏　テアトル東向島アカデミー賞
福本清三／小田豊二　どこかで誰かが見ていてくれる　日本一の斬られ役　福本清三

集英社文庫

ゴースト　もういちど抱《だ》きしめたい

2010年10月25日　第1刷　　　定価はカバーに表示してあります。

著　者　中園《なかぞの》ミホ
　　　　古林実夏《こばやしみか》

発行者　加藤　潤

発行所　株式会社 集英社
東京都千代田区一ツ橋2-5-10　〒101-8050
電話　03-3230-6095（編集）
　　　03-3230-6393（販売）
　　　03-3230-6080（読者係）

印　刷　図書印刷株式会社

製　本　図書印刷株式会社

フォーマットデザイン　アリヤマデザインストア　　マークデザイン　居山浩二

ISBN978-4-08-746624-9 C0193